U0103059

從華語看日本漢語的發音

A STUDY OF SINO-JAPANESE READINGS FROM THE VIEWPOINT OF A MANDARIN- SPEAKING LEARNER

坂本英子著
鄭良偉參訂

by
Elko Sakamoto

with Introduction by
Robert L. Cheng

臺灣學生書局印行
Student Book Co., Ltd.
198, Ho-Ping East Road, 1st Section
Taipei, Taiwan, Republic of China 10610

「現代語言學論叢」緣起

　　語言與文字是人類歷史上最偉大的發明。有了語言，人類才能超越一切禽獸成爲萬物之靈。有了文字，祖先的文化遺產才能綿延不絕，相傳到現在。尤有進者，人的思維或推理都以語言爲媒介，因此如能揭開語言之謎，對於人心之探求至少就可以獲得一半的解答。

　　中國對於語文的研究有一段悠久而輝煌的歷史，成爲漢學中最受人重視的一環。爲了繼承這光榮的傳統並且繼續予以發揚光大起見，我們準備刊行「現代語言學論叢」。在這論叢裏，我們有系統地介紹並討論現代語言學的理論與方法，同時運用這些理論與方法，從事國語語音、語法、語意各方面的分析與研究。論叢將分爲兩大類：甲類用國文撰寫，乙類用英文撰寫。我們希望將來還能開闢第三類，以容納國內研究所學生的論文。

　　在人文科學普遍遭受歧視的今天，「現代語言學論叢」的出版可以說是一個相當勇敢的嘗試。我們除了感謝臺北學生書局提供這難得的機會以外，還虔誠地呼籲國內外從事漢語語言學研究的學者不斷給予支持與鼓勵。

湯　廷　池

民國六十五年九月二十九日於臺北

語文敎學叢書緣起

　　現代語言學是行爲科學的一環，當行爲科學在我國逐漸受到重視的時候，現代語言學卻還停留在拓荒的階段。

　　爲了在中國推展這門嶄新的學科，我們幾年前成立了「現代語言學論叢編輯委員會」，計畫有系統地介紹現代語言學的理論與方法，並利用這些理論與方法從事國語與其他語言有關語音、語法、語意、語用等各方面的分析與研究。經過這幾年來的努力耕耘，總算出版了幾本尚足稱道的書，逐漸受到中外學者與一般讀者的重視。

　　今天是羣策羣力、和衷共濟的時代，少數幾個人究竟難成「氣候」。爲了開展語言學的領域，我們決定在「現代語言學論叢」之外，編印「語文敎學叢書」，專門出版討論中外語文敎學理論與實際應用的著作。我們竭誠歡迎對現代語言學與語文敎學懷有熱忱的朋友共同來開拓這塊「新生地」。

語文敎學叢書編輯委員會　謹誌

目　錄

鄭良偉序言

　　今日日語的詞彙有極大部分是由漢語的語素構成，都可用漢字書寫。在日本一般把這類的詞彙叫做"漢語"，把日本原來的詞語素所造成的詞語叫"和語"或"大和言葉"。有趣的是日本人所指的"外來語"並不包括這些"漢語"。這可能是因爲"漢語"佔日語全詞彙一半以上，已成爲日語的極重要成份。日本人並不覺得它屬於外來成份。漢語的語素在日語的造詞力很強。日本人過去用它來造成新詞翻譯很多西方的新觀念。其中有不少譯詞，由日語借入華語（如"進化論、經濟、哲學、積極"等詞）。

　　這些龐大的日本漢語對瞭解古漢語音系的擬構，有莫大的價值。聞名的漢語學家高本漢（Karlgren）根據古籍（特別是韵書）擬構中古音系時，除了漢語各大方言以外，也利用了日本、韓國和越南的漢語借詞。其中最常引用的兩個現代語言可能北京話和日本漢語。

　　高本漢的漢語音韵史的研究引起不少卓越語言學家的興趣，如：趙元任、王力、李方桂、董同龢、周法高、李榮、藤堂明保等，各人都演了一定的角色，把漢語音韵史發展爲幾乎不能再發展的地步。但是這些人研究的重點都在古音系應該如何如何才能解釋學者們手中的語料。而很少人注意如何去介紹這些知識給從事其他學門的學者，或是進行語言學習的一般學生，直接把北京話和日本語的字音比較又追求其間的對應規律的很少。

　　本書的着眼點在按照華日語語音對應規律，整理日語的字音和語詞，介紹從華語推測日本漢語發音時一些可利用的對應規律。介紹的方式盡求簡單，並讓讀者觀察實例，有機會進行比較分析之后，再介紹有關的對應規律，然後以習題的方式，讓讀者學習日語的詞彙發音，訓練對應規律的應用。練習題也考慮到一般人的學習心理，不只介紹日語各單語的發音；凡是選字和華語有異的詞，或是同字異義的語詞都有華語對譯語。又在各章裡提供日語的常用諺語，使讀者能一起學習各詞語的發音、意義和用法。日本諺語和華語諺語有很多有趣的對照，本書也以習題的方式，讓讀者在尋求答案，進行思考中學習。

　　筆者在夏威夷大學有幾個研究生從六年前就以同樣的方式，和筆者共同編一本從台語學習日語的介紹書。因其他的工作繁忙而一時停頓。坂本英子君也是本系很優秀的研究生，專攻華語。本書的初稿是她畢業口試所

交的論文。以後經過修改反比根據台語的那本書提早完成。出版後相信讀者們會善加利用。筆者深信從語例來觀察、歸納應用語音規律是很有效果的學習過程，本書的方式不但能讓學生學習日語，也能培養學生對語言學的興趣，進而提高語文教育的水準。希望以後有更多的人參加語言學的陣容。

寫於夏威夷

前　言

我們都知道日語所用的三種文字，平假名、片假名，以及漢字，都是由中國文字來的。其中漢字，因爲數量多，且複雜，外國人學習日語的時候感到最困難。不過對中國人來說漢字反而是最容易的。除了一些日本人自己創造的所謂当て字（忽略漢字原來的意義，而只採用語音的詞）以外，大部份漢字的意思都與華語的差不多。那麼讀音呢？其實日語詞彙中漢語（指從古代華語借用的詞，以及日本用漢字創造的詞彙）的讀音常與華語很像。這是因爲日本人借用或創造漢語詞彙的時候，都是保留漢字借音的關係。如果懂得日語與華語之間的讀音的關係，則每回遇到新的詞，不但明白其意思，也能掌握發音，這對於已經讀過日語基本語法，而需要加強詞彙的學生非常有幫助。

本書所舉的語料盡量選那些華語所沒有的詞彙或華語的意思與日語有所不同的漢語，而這些日語皆附華譯。每節後頭的練習題，目的是：1. 練習實際應用規律。2. 熟悉語料所舉的詞彙。3. 分辨音讀與訓讀。第二章第五節的練習題，其目的是訓練讀者的應用規律來加強閱讀能力。

希望讀者能夠充分利用本書而在日語學習方面有所裨益。

概　論

1. 日語到底有多少漢字？

　　一般的日語字典包括四～五千個漢字。但是一般出版刊物或公立學校教育所用之漢字是基於所謂的常用漢字（從前是當用漢字）。一九八一年由日本國政府文部省制定的＂常用漢字＂有一千九百四十五個。文部省之採取此制度，其目的主要在於簡化學習語文過程（請參看附錄⑤）。專業化的文件，雖然所用漢字比較多，但是也很少超過兩千。受過教育（大專）的一般日本人可能最多懂得三千個漢字。

2. 什麼叫音讀、訓讀？

　　在日文，漢字可以用來寫和語（起源於日語的詞彙）或漢語（從古代漢語借用的詞以及日本用漢字創造的詞彙），因此一個漢字自然也有兩種讀音，一種是以日語意譯漢字，另外一種是音譯；前者稱謂訓讀，後者則稱謂音讀。譬如「避」字，訓讀爲サ（ケル），音讀爲ヒ。

	訓讀	音讀
避	サ（ケル）	ヒ
東	ヒガシ	トウ
家	イエ	カ
庭	ニワ	テイ

3. 一個漢字爲什麼有一種以上的音讀？

　　學習日語到了某種程度，就會發現一個漢字的音讀不只一個。譬如「行」字，可以唸ギョウ、コウ或アン（分別在「修行」（托本／巡禮）シュギョウ，「旅行」リョコウ和「行脚」（巡遊）アンギャ中）。這是因爲古代漢語的詞彙在不同時期，由不同地方傳到日本，變成漢語的關係。
　　最常見的音讀爲吳音、漢音及唐音三種（漢音的「漢」和唐音的「唐」都是中國的總稱與朝代無關）。其中最早的是吳音。吳音一般相信起源於

吳方言（長江下流），在六世紀或六世紀以前與佛教同時傳入到日本，因此在日本流行的許多佛教用語都是<u>吳音</u>，如「末法」マッポウ、「刹那」セツナ等。

　　<u>漢音</u>則在七、八世紀的時候出現，是當時唐朝首都，長安所流行的方言的模倣。<u>漢音</u>是<u>音讀</u>之中數量最多的字音。<u>唐音</u>時代最晚，是宋朝時（九世紀）或宋以後傳到日本的讀音。<u>唐音</u>大部份來自南京或南京附近的南方方言。<u>唐音</u>數量不多。

　　上面所舉的「行」字的三種唸法，ギョウ、コウ和アン分別屬於<u>吳音</u>、<u>漢音</u>及<u>唐音</u>。

　　第二章以後所介紹的語料中會有不少的例外字（不能用規律推測的），這些例外字大部份是<u>唐音</u>或<u>慣用音</u>（慣用音即後來變音的音讀）。

4. 日語<u>音讀</u>既然來自古代中國方言，只會說華語的人還能推測日語讀音嗎？

　　現代華語（指北平話）發音源於古代中國北方方言，日語則來自中國古時不同時代、不同地方的方言，只懂華語的人，唸日語<u>音讀</u>，類似一個地方人聽一個說各地方言混合語的人。首先聽起來好像是外國話，但是越聽越習慣。這是因為人能夠抓住語音對應的規律的關係。

　　儘管對於懂得現代南方方言的人來說，抓住華語與日語<u>音讀</u>之間的關係比較容易（因為南方方言仍保持古代中國方言的特色，譬如入聲 註(1)），但是只懂華語的人，若首先了解對應關係，對日語<u>音讀</u>的記憶也很有幫助。

5. 古代漢語的聲母如何變成華語和日語音讀的聲母？

　　古代中國人曾經用字母來分析聲母。字母等於拼音或注音符號，以一個字來代表一個聲母。字母起於唐代中葉，現今流傳的有以下四十個。

	塞音或塞擦音			鼻流音	擦　音	
	清		濁	濁	清	濁
	不送氣	送　氣				
雙唇音	幫(p)	滂(p′)	並(b′)	明(m)		
唇齒音	非(f)	敷(f)	奉(f)	微(ɸ(u))		
舌尖塞音	端(t)	透(t′)	定(d′)	泥(n)		
舌面塞音	知(ʈ)	徹(ʈ′)	澄(ɖ)			
舌尖塞擦／擦音	精(ts)	清(ts′)	從(dz′)		心(s)	邪(z)
捲舌，舌尖面混	莊(tʃ)	初(tʃ′)	崇(dʒ′)		生(ʃ)	俟(ʒ)
合或舌面塞擦／擦　音	章(tɕ)	昌(tɕ′)	船(dʑ)		書(ɕ)	禪(ʑ)
舌根音	見(k)	溪(k′)	羣(g′)	疑(ŋ)		
喉音	影(ʔ)	曉(x(h))	匣(ɣ(ɦ))	喻(ɣ(j))		
舌尖邊音				來(l)		
舌面鼻音				日(ȵ)		

（參看附錄⑧語音略說）

　　從上面的表可以看出，古代漢語塞音、塞擦音、擦音聲母原有清濁之分，後來在唐首都長安的方言裏清濁之分慢慢消失。因此華語只有清聲。日語方面在較早期的吳音裏，濁聲仍保留着。但是晚期的漢語裏濁聲全消失，三者的關係爲如下。

古代漢語聲母	華 語 聲 母	日 語 聲 母	
		漢 音	吳 音
幫(p) 非(f)	ㄅ(b)ㄈ(f)	ハ(h) 行	ハ(h) 行
滂(p′)敷(f)	ㄆ(p)ㄈ(f)	ハ(h)	ハ(h)
並(b′)奉(f)	ㄅ(b),ㄆ(p), ㄈ(f)	ハ(h)	バ(b)
明(m) 微(φ(u))	ㄇ(m),φ	バ(b)マ(m)	マ(m)
端(t)	ㄉ(d)	タ(t)	タ(t)
透(t′)	ㄊ(t)	タ(t)	タ(t)
定(d′)	ㄉ(d)ㄊ(t)	タ(t)	ダ(d)
泥(n)	ㄋ(n)	ダ(d)ナ(n)	ナ(n)
知(ṭ)	ㄗ(z)ㄓ(zh)	タ(t)	タ(t)
徹(ṭ′)	ㄘ(c)ㄔ(ch)	タ(t)	ダ(d)
澄(ḍʑ′)	ㄗ(z)ㄓ(zh)ㄔ(ch)	タ(t)	ダ(d)
精(ts)	ㄐ(j),ㄗ(z)	サ(s)	サ(s)
清(ts′)	ㄑ(q),ㄘ(c)	サ(s)	サ(s)
從(dz′)	ㄐ(j),ㄑ(q), ㄗ(z),ㄘ(c)	サ(s)	ザ(z)
心(s)	ㄒ(x)ㄙ(s)	サ(s)	サ(s)
邪(z)	ㄒ(x),ㄑ(q), ㄙ(s),ㄘ(c)	サ(s)	ザ(z)
莊(tʃ)	ㄗ(z)ㄓ(zh)	サ(s)	サ(s)
初(tʃ′)	ㄘ(c)ㄔ(ch)	サ(s)	サ(s)
崇(dʒ′)	ㄗ(z)ㄔ(ch)	サ(s)	ザ(z)
生(s)	ㄗ(z),ㄔ(ch), ㄕ(sh),ㄓ(zh)	サ(s)	サ(s)
俟(ʒ)	ㄙ(s)ㄕ(sh)	サ(s)	ザ(z)

章(tɕ)	ㄓ(zh)	サ(s)	サ(s)
昌(tɕ')	ㄔ(ch)	サ(s)	サ(s)
船(dʑ')	ㄓ(zh),ㄔ(ch)	サ(s)	ザ(z)
書(ɕ)	ㄕ(sh)	サ(s)	サ(s)
禪(ʑ)	ㄔ(ch),ㄕ(sh)	サ(s)	ザ(z)
見(k)	ㄐ(j),ㄍ(g)	カ(k)	カ(k)
溪(k')	ㄑ(q),ㄎ(k)	カ(k)	カ(k)
羣(g')	ㄑ(q),ㄐ(j),ㄍ(g),ㄎ(k)	カ(k)	ガ(g)
疑(ŋ)	φ,ㄋ(n)	ガ(g)	ガ(g)
影(ʔ)	ㄒ(x),ㄏ(h)	カ(k)	カ(k)
曉(x(h))	ㄒ(x),ㄏ(h)	カ(k)	ガ(g)
厘(ɣ(ɦ))	φ	φ	φ
喻(ɣ(j))	φ	φ	φ
來(l)	ㄌ(l)	ラ(r)	ラ(r)
日(ȵ)	φ,ㄖ(r)	ザ(z)	ナ(n)

（請參看附錄②）

6. 華語聲調和日語音讀的聲母有關嗎？

　　華語聲調和日語音讀的聲母清濁有關。日語有清濁之別的聲母有四對，即カ／ガ，サ／ザ，タ／ダ與ハ／バ行。註(2)

　　在上節已提過吳音有清濁，而漢音無清濁之別。也就是說，古代漢語的濁聲母，在日語，有的保持濁聲，而有的却變成清聲；清聲母則一律變爲清聲。現代華語方面，則清濁之別完全不存在，但是古代漢語的清濁，平上去入（聲調）與華語的四聲之間有一定的關係。請看下表。

古代漢語		日　語	華語聲調
清	平 上 去 入	清	一三 四 一二三四
濁	平 上 去 入	清／濁	二 四 四 二四

註(3)

因此我們可以說，若一個漢字聲調是一聲或三聲，則日語音讀的聲母必定是清，若是第二聲或第四聲，則清濁兩者都可能。第二聲來自古代漢語濁聲母，第四聲則來自古代漢語清或濁聲母。

請看下例：

日語	華　　語		日　　語
再三	ㄗㄞˋ	ㄙㄢ	サイサン
中國	ㄓㄨㄥ	ㄍㄨㄛˊ	チュウゴク
秀才	ㄒㄧㄡˋ	ㄘㄞˊ	シュウサイ
文化	ㄨㄣˊ	ㄏㄨㄚˋ	ブンカ
殘留	ㄘㄢˊ	ㄌㄧㄡˊ	ザンリュウ
學習	ㄒㄩㄝˊ	ㄒㄧˊ	ガクシュウ
平地	ㄆㄧㄥˊ	ㄉㄧˋ	ヘイチ
平等	ㄆㄧㄥˊ	ㄉㄥˇ	ビョウドウ

「平地」和「平等」的「平」字，在前者唸清聲，而後者唸濁聲。這是因為前者為晚期的漢音，而後者為早期的吳音的關係。

　　以下的練習題。測驗讀者對日語詞中清濁之分辨。

選出正確的音讀讀音。

(a)許可	(i) キョカ	(ii) ギョガ	(iii) キョガ
(b)精進（吃素）	(i) ジョウシン	(ii) ショウジン	(iii) ジョウジン
(c)中國	(i) ジュウゴク	(ii) チュウゴク	(iii) ジョウコク
(d)夫婦	(i) ブウブ	(ii) ブウフ	(iii) フウフ
(e)發明	(i) バツベイ	(ii) ハツメイ	(iii) バツレイ
(f)雨天	(i) ウテン	(ii) ルデン	(iii) ムデン
(g)風俗	(i) フウゾク	(ii) ブウソク	(iii) ブウゾク
(h)地方	(i) ジボウ	(ii) チボウ	(iii) チホウ
(i)標語	(i) ヒョウゴ	(ii) ビョウコ	(iii) ビョウゴ
(j)醫學生（醫學院的學生）	(i) イカクゼイ	(ii) イガクセイ	(iii) ニガクゼイ
(k)上等	(i) ジョウトウ	(ii) ジョウドウ	(iii) ショウドウ
(l)畫家	(i) ガガ	(ii) カガ	(iii) ガカ
(m)工夫（工人）	(i) コウフ	(ii) コウブ	(iii) ゴウブ

答：(a) (i) キョカ　　(b) (ii) ショウジン　(c)(ii) チュウゴク　(d) (iii) フウフ

(e) (ii) ハツメイ　(f) (i) ウテン　　(g) (i) フウゾク　(h) (iii) チホウ

(i) (i) ヒョウゴ　(j) (ii) イガクセイ　(k) (i) ジョウトウ　(l) (iii) ガカ

(m) (i) コウフ

7. 日語連音變化對推測音讀有何影響？

　　日語漢語的讀音有個叫連音變化的現象；就是由兩個或兩個以上的漢字所構成的漢語中，第一個漢字的韻尾與第二個漢字的聲母結合時，所引起的日語內部的語音變化。譬如「平等」ビョウ＋トウ→ビョウドウ、「出版」シュツ＋ハン→シュッパン。

　　連音變化主要有兩種，即連濁與連促變化。後者是從前日本人模倣古代漢語的讀音的時候所留下來的連音變化。古代漢語有入聲或鼻音韻尾的漢字和清聲母結合，使引起特別的變化或阻止應有的變化。如下面的字，古代漢語都有－p，－t，－k入聲韻尾。今日的台灣話也還保留它。

	台灣話	日　語
國	kok	kok
域	hèk	iki
六	liòk	roku
七	tshit	siti
別	piat	betu

因此「國旗」コク＋キ→コッキ

　　　「六發」ロク＋ハツ→ロッパツ

　　　「別册」ベツ＋サツ→ベッサツ

　　連促變化雖常見，但是由於漢語傳入日本的時代與傳來的地方不同，不一定都受入聲或鼻音韻尾的影響。況且，戰後日本人所創造的許多新漢語可以完全不被連促變化所左右了（有些新漢語仍然照舊例發生連促變化），因此連促變化的例外相當多。

　　連濁變化純粹是日語的內部語音變化，和古代漢語，原來的濁音沒有關係。譬如「黃金」オウ＋コン→オウゴン、「近所」（附近）キン＋ショ→キンジョ都有連濁現象。但由華語聲調可知「金」與「所」皆爲古代漢語清聲（參看概論6）。

　　其實連音變化並非漢語獨有的現象，也見於和語裏（漢語、和語之分別參看概論2），和語連濁有：

「鼻血」ハナ＋チ→ハナヂ

「年子」（差一歲的孩子）トシ＋コ→トシゴ

「時時」（有時）トキ＋トキ→トキドキ

和語連促有：

「行つて」（動詞「去」＋助詞「て」）イッテ

「待つた」（動詞「等」＋助詞「た」）マッタ

但是和語連音變化發生的情況與漢語的並不同。註(4)

　　漢語連音變化的語例與規律在第四章詳細說明。規律儘管實用，但請記住不少漢語是不照規律的。

　　另外，我們知道漢語發生連音變化的時候，有ハ行變成バ行的現象（在4‧3詳細說明）。其實ハ行在早期日語都發音成バ行，因此不如說是連音變化保留原來的語音。在和語裏也發現類似情況，如「あっ晴れ」

（驚人）アッパレ、「眞平」（完全（不））マッピラ。

8. 日語<u>音讀</u>的韻母也能以華語的韻母推測嗎？

　　照理來說可以，但是韻母包括元音、介音及韻尾，對應情況相當複雜。古代漢語的入聲韻尾在日語保留成 －チ／ッ、－ク或－イ／ゥ，註(5)。但在華語完全不留痕跡。而且從古代到現代華語的韻母變化也不如聲母的有規律。因此本書只介紹聲母對應規律。

　　附錄④列了常見的華日語韻母對應，此外在藤堂明保的「中國音韻論」，有詳細說明可以參考。

【附註】

(1)入聲字在古代漢語裏以塞音－p，－t，－k收尾，華語並沒有，但在一般南方方言仍保留著。

(2)日語ハ行原來爲パ行，後來才變爲ハ行。

(3)此規律只適用於上面所舉四對聲母。

(4)連濁除了在重複漢字的時候，如「時時」トキドキ發生以外，其因素還沒有定論。連促常見於タ行，如「行って」イッテ 或パ行，如「あっ晴れ」アッパレ。發生條件也沒有定論。

(5)－イ／ゥ的來源不只是入聲，也可能有－i，－u韻尾的字。如「外」ガイ，ㄨㄞˋ、「效」コウ，ㄒㄧㄠˋ。

從華語推測日語讀音

1. ㄅㄆㄇㄈㄉㄊㄋㄌ

1‧1 ㄅㄆㄈ

A 語料

日語（華譯）	日語音讀	華語讀音
⑴ 拜啓（拜啓者）	ハイケイ	ㄅㄞˋ ㄑㄧˇ
祝杯（慶祝的酒杯）	シュクハイ	ㄓㄨˋ ㄅㄟ
比例	ヒレイ	ㄅㄧˇ ㄌㄧˋ
卑屈	ヒクツ	ㄅㄟ ㄑㄩ
閉店（停止營業）	ヘイテン	ㄅㄧˋ ㄉㄧㄢˋ
横柄（傲慢）	オウヘイ	ㄏㄥˊ ㄅㄧㄥˇ
邦樂（日本音樂）	ホウガク	ㄅㄤ ㄩㄝˋ
介抱（護理）	カイホウ	ㄐㄧㄝˋ ㄅㄠˋ
俳優（演員）	ハイユウ	ㄆㄞˊ ㄧㄡ
配分（分配）	ハイブン	ㄆㄟˋ ㄈㄣ
彼岸（春秋分加上前後各三天）	ヒガン	ㄅㄧˇ ㄢˋ
漂着（漂流到）	ヒョウチャク	ㄆㄧㄠ ㄓㄨㄛˊ
炊飯（煮飯）	スイハン	ㄔㄨㄟ ㄈㄢˋ
工夫（工人）	コウフ	ㄍㄨㄥ ㄈㄨ
洋服（衣服）	ヨウフク	ㄧㄤˊ ㄈㄨˊ
空腹（空肚子）	クウフク	ㄎㄨㄥ ㄈㄨˋ
雰圍氣（氣氛）	フンイキ	ㄈㄣ ㄨㄟˊ ㄑㄧˋ
風流（幽雅）	フウリュウ	ㄈㄥ ㄌㄧㄡˊ
版權	ハンケン	ㄅㄢˇ ㄑㄩㄢˊ
後輩（晚輩）	コウハイ	ㄏㄡˋ ㄅㄟˋ
反映	ハンエイ	ㄈㄢˇ ㄧㄥˋ

	日文	カタカナ	注音
(2)	二倍（一倍）	ニバイ	ㄦˋ ㄅㄟ
	大判（大張的）	オオバン	ㄉㄚˋ ㄆㄢˇ
	別莊（別墅）	ベッソウ	ㄅㄧㄝˊ ㄓㄨㄤ
	弁當（便當）	ベントウ	ㄅㄧㄢ ㄉㄤ
	病氣（生病）	ビョウキ	ㄅㄧㄥˋ ㄑㄧˋ
	看病（護理，照顧（病人））	カンビョウ	ㄎㄢ ㄅㄧㄥˋ
	郵便（郵件）	ユウビン	ㄧㄡˊ ㄅㄧㄢˋ
	便乗（就便坐乘）	ビンジョウ	ㄅㄧㄢˋ ㄔㄥˊ
	老婆（老太婆）	ロウバ	ㄌㄠˇ ㄆㄛˊ
	産婆（助産士）	サンバ	ㄔㄢˇ ㄆㄛˊ
	順番（順序）	ジュンバン	ㄕㄨㄣˋ ㄈㄢ
	番人（看守者）	バンニン	ㄈㄢ ㄖㄣˊ
	罰金（罰款）	バッキン	ㄈㄚˊ ㄐㄧㄣ
	坊主（和尚）	ボウズ	ㄈㄤ ㄓㄨˇ
	寝坊（睡早覺）	ネボウ	ㄑㄧㄣˇ ㄈㄤˊ
	弁償（賠償）	ベンショウ	ㄅㄧㄢˋ ㄔㄤˊ
	便利（方便）	ベンリ	ㄅㄧㄢˋ ㄌㄧˋ
(3)	白髪	ハクハツ	ㄅㄞˊ ㄈㄚˇ
	白夜	ビャクヤ	ㄅㄞˊ ㄧㄝˋ
	博士	ハカセ	ㄅㄛˊ ㄕˋ
	博徒（賭徒）	バクト	ㄅㄛˊ ㄊㄨˊ
	平和	ヘイワ	ㄆㄧㄥˊ ㄏㄜˊ
	平等	ビョウドウ	ㄆㄧㄥˊ ㄉㄥˇ
	分別（判斷力）	フンベツ	ㄈㄣ ㄅㄧㄝˊ
	自分（自己）	ジブン	ㄗˋ ㄈㄣ
	貧血	ヒンケツ	ㄆㄧㄣˊ ㄒㄩㄝˋ
	貧乏（窮）	ビンボウ	ㄆㄧㄣˊ ㄈㄚˊ
	不利	フリ	ㄅㄨˋ ㄌㄧˋ
	不作法（不禮貌）	ブサホウ	ㄅㄨˋ ㄗㄨㄛˋ ㄈㄚˇ

步道（人行道）	ホドウ	ㄅㄨˋ	ㄉㄠˋ
步合（佣金）	ブアイ	ㄅㄨˋ	ㄏㄜˊ
奉納（供獻）	ホウノウ	ㄈㄥˋ	ㄋㄚˋ
奉行（江戶時代的官名）	ブギョウ	ㄈㄥˋ	ㄒㄧㄥˊ
凡例	ハンレイ	ㄈㄢˊ	ㄌㄧˋ
凡人（平凡的人）	ボンジン	ㄈㄢˊ	ㄖㄣˊ
(4)反物（布匹）	タンモノ	ㄈㄢˇ	ㄨˋ

B規律

　　以上語料皆含有華語聲母為ㄅ，ㄆ或ㄈ的漢字，(1)中的漢字聲母的日語對應為ハ行，(2)中的為バ行，(3)中的為ハ／バ行（兩種讀音）。由以上觀察以及聲調與清濁的對應關係（請看概論6），可以看出以下的規律。

華　　語		日　　語	例　子
ㄅ（b）	一、三聲	ハ（h）行	祝杯
ㄆ（p）			比例
			風流
ㄈ（f）	二、四聲	ハ（h）行	拜啓
		バ（b）行	便利
		ハ（h）／バ（b）行	平和／平等

(4)為例外讀音。

C練習

(1)選出所缺讀音

　　(a)拜啓　___ケイ　　　　(i) パイ　　　　(ii) ハイ　　　　(iii) マイ

　　(b)閉店　___テン　　　　(i) ヘイ　　　　(ii) ペイ　　　　(iii) デイ

　　(c)邦樂　___ガク　　　　(i) ボウ　　　　(ii) ホウ　　　　(iii) ポウ

　　(d)俳優　___ユウ　　　　(i) パイ　　　　(ii) ナイ　　　　(iii) ハイ

　　(e)肥料　___リョウ　　　(i) チ　　　　　(ii) ヒ　　　　　(iii) ミ

(f)別莊 ___ソウ　　(i) ベッ　　(ii) ベッ　　(iii) メッ

(g)平和 ___ワ　　(i) ヘイ　　(ii) レイ　　(iii) ペイ

(h)不作法 ___サホウ　　(i) ム　　(ii) ズ　　(iii) ブ

(i)反物 ___モノ　　(i) バン　　(ii) ハン　　(iii) タン

(j)平等 ___ドウ　　(i) ビョウ　　(ii) ミョウ　　(iii) ピョウ

(k)不利 ___リ　　(i) プ　　(ii) フ　　(iii) ズ

(l)罰金 ___キン　　(i) バッ　　(ii) パッ　　(iii) マッ

(m)風流 ___リュウ　　(i) フウ　　(ii) ブウ　　(iii) ズウ

答(a) (ii) ハイ　　(b) (i) ヘイ　　(c) (ii) ホウ　　(d) (iii) ハイ

(e) (ii) ヒ　　(f) (ii) ベッ　　(g) (i) ヘイ　　(h) (iii) ブ

(i) (iii) タン(例外)(j) (i) ビョウ　　(k) (ii) フ　　(l) (i) バッ

(m) (i) フウ

(2)選出適當的漢字塡空

バチ

(a) ___當たりな 事をする　　　　(i) 罰　(ii) 八　(iii)打
　做出壞事

ジュンバン

(b)どうか順___に願います　　　　(i) 番　(ii) 次　(iii)搬
　請挨班來

オウヘイ タイド

(c)横___な態度　　　　　　　　(i) 臨　(ii) 柄　(iii)傲
　傲慢無禮的態度

ブサホウ

(d)___作法なふるまい　　　　　(i) 夫　(ii) 無　(iii)不
　不禮貌的舉止

ボウズ
(e) ___ 主になる　　　　　　　　　(i) 和　(ii) 尼　(iii)坊
　出家當和尙

フンベツ
(f) ___ 別のある人　　　　　　　　(i) 文　(ii) 分　(iii)聞
　懂得事理的人

フン　イキ
(g)愉快な___ 圍氣に包まれる　　　(i) 雰　(ii) 固　(iii)環
　充滿了愉快的氣氛

クウフク
(h)空 ___ で物も言えない　　　　(i) 肚　(ii) 無　(iii)腹
　餓得連話都說不出來

ビョウキ
(i) ___ 氣になる　　　　　　　　　(i) 疾　(ii) 病　(iii)生
　生病

コウツウ　ベンリ
(j)交通が___ 利になた　　　　　(i) 方　(ii) 順　(iii)便
　交通方便了

答(a)(i) 罰　(b)(i) 番　(c)(ii) 柄　(d)(iii)不　(e)(iii)坊　(f)(ii) 分
　(g)(i) 雰　(h)(iii)腹　(i)(ii) 病　(j)(iii)便

－15－

1・2 ㄇ

A語料

日語（華譯）	日語音讀	華語讀音
(1)姉妹（姉妹）	シマイ	ㄐㄧㄝˇ ㄇㄟˋ
明日（明天）	ミョウニチ	ㄇㄧㄥˊ ㄖˋ
銘柄（牌子）	メイガラ	ㄇㄧㄥˊ ㄆㄞˊ
免許證（執照）	メンキョショウ	ㄇㄧㄢˇ ㄒㄩˇ ㄓㄥˋ
顔面（臉）	ガンメン	ㄧㄢˊ ㄇㄧㄢˋ
几帳面（規規矩矩／週到）	キチョウメン	ㄐㄧ ㄓㄤˋ ㄇㄧㄢˋ
名物（名產）	メイブツ	ㄇㄧㄥˊ ㄨˋ
迷惑（麻煩／攪擾）	メイワク	ㄇㄧˊ ㄏㄨㄛˋ
面倒（麻煩／費事）	メンドウ	ㄇㄧㄢˋ ㄉㄠˇ
悶着（糾紛）	モンチャク	ㄇㄣˋ ㄓㄨㄛˊ
(2)馬丁（牽馬的／馬童）	バテイ	ㄇㄚˇ ㄉㄧㄥ
商賣（買賣）	ショウバイ	ㄕㄤ ㄇㄞˋ
買收（收買）	バイシュウ	ㄇㄞˇ ㄕㄡ
漠然（含混）	バクゼン	ㄇㄛˋ ㄖㄢˊ
美味（味美／好吃）	ビミ	ㄇㄟˇ ㄨㄟˋ
寸秒（極端的時間）	スンビョウ	ㄘㄨㄣˋ ㄇㄧㄠˇ
勉強（學習／用功）	ベンキョウ	ㄇㄧㄢˇ ㄑㄧㄤˊ
勉學（學習）	ベンガク	ㄇㄧㄢˇ ㄒㄩㄝˊ
募金（募捐）	ボキン	ㄇㄨˋ ㄐㄧㄣ
應募（報名）	オウボ	ㄧㄥ ㄇㄨˋ
白墨（粉筆）	ハクボク	ㄅㄞˊ ㄇㄛˋ
母堂（令堂）	ボドウ	ㄇㄨˇ ㄊㄤˊ
(3)新米（生手／新手）	シンマイ	ㄒㄧㄣ ㄇㄧˇ
米國（美國）	ベイコク	ㄇㄧˇ ㄍㄨㄛˊ
天幕（帳棚）	テンマク	ㄊㄧㄢ ㄇㄨˋ
幕府（日本古時中央政府）	バクフ	ㄇㄨˋ ㄈㄨˇ

⎰ 木魚	モクギョ	ㄇㄨˋ ㄩˊ
⎱ 大木（大樹）	タイボク	ㄉㄚˋ ㄇㄨˋ
⎰ 目禮（點頭致禮）	モクレイ	ㄇㄨˋ ㄌㄧˇ
⎱ 面目（面子）	メンボク	ㄇㄧㄢˊ ㄇㄨˋ
⎰ 謀反	ムホン	ㄇㄛˊ ㄈㄢˇ
⎱ 無謀（輕率）	ムボウ	ㄨˊ ㄇㄛˊ
(4)分泌	ブンピツ	ㄈㄣ ㄇㄧˋ

B 規律

以上的語例皆含有華語聲母爲ㄇ之漢字。它們的日語對應爲マ行(1)，バ行(2)，或マ／バ行(3)，以下爲對應規律。

華　　語	日　　語	例　子
ㄇ(m)	マ(m) 行	明日
	バ(b) 行	白墨
	マ(m)／バ(b)行	新米／米國

マ行，バ行分別爲吳音、漢音，請參考概論 6 。(4)爲例外讀音。

C 練習

(1) 選出所缺讀音

(a)姉妹 シ＿＿＿　　(i) マイ　　(ii) ハイ　　(iii) バイ

(b)面會 ＿＿カイ　　(i) デン　　(ii) ネン　　(iii) メン

(c)父母 フ＿＿＿　　(i) ド　　(ii) ボ　　(iii) ノ

(d)米國 ＿＿コク　　(i) レイ　　(ii) ベイ　　(iii) ヘイ

(e)新米 シン＿＿＿　(i) マイ　　(ii) バイ　　(iii) ダイ

(f)勉強 ＿＿キョウ　(i) デン　　(ii) ネン　　(iii) ベン

(g)漠然 ＿＿ゼン　　(i) ダク　　(ii) バク　　(iii) ハク

(h)馬車 ＿＿シャ　　(i) バ　　(ii) ナ　　(iii) テ

(i)分泌 ブン＿＿＿　(i) ピツ　　(ii) ミツ　　(iii) ビツ

答 (a)(i) マイ　　(b)(iii) メン　　(c)(ii) ボ　　(d)(ii) ベイ
　(e)(i) マイ　　(f)(iii) ベン　　(g)(ii) バク　　(h)(i) バ
　(i)(i) ピッ（例外）

(2)選出適當的漢字塡空

(a)法の＿＿點　<ruby>モウテン</ruby>　　　　　　　(i) 重　(ii) 盲　(iii)要
　法律的漏洞

(b) ＿＿然とした話なのでわからない　<ruby>バクゼン</ruby>　(i) 黑　(ii) 惑　(iii)漠
　因爲說得含混，不明白

(c)面＿＿にかかわる　<ruby>メンボク</ruby>　　　　(i) 子　(ii) 目　(iii)上
　有關名譽

(d)寸＿＿の時間を爭う　<ruby>スンビョウ</ruby>　<ruby>アラソ</ruby>　(i) 秒　(ii) 尺　(iii)分
　爭取分秒的時間

(e) ＿＿速に物を片づける　<ruby>ビンソク</ruby>　<ruby>カタ</ruby>　(i) 快　(ii) 迅　(iii)敏
　敏捷處理事物

(f) ＿＿學にはげむ　<ruby>ベンガク</ruby>　　　　(i) 勉　(ii) 苦　(iii)勤
　勤學苦練

ボキン
(g)＿＿金に應ずる   (i)獻   (ii)奉   (iii)募
損款

答(a)(ii)盲 (b)(iii)漠 (c)(ii)目 (d)(i)秒 (e)(iii)敏 (f)(i)勉
  (g)(iii)募

1・3 總練習（1・1～1・2）

(1)以下爲日語成語，選出所缺讀音，並選出意思相近的中文成語。

(a)<u>背</u>水の陣 スイ ジン	(i)ハイ	(ii)マイ	(iii)ダイ	1.一條到跑到 　　黑
(b)<u>馬</u>鹿の一つ覺え カ オボ	(i)ハ	(ii)バ	(iii)ラ	2.憎其人而憎 　　其物
(c)<u>白</u>紙に返す シ	(i)タク	(ii)ナク	(iii)ハク	3.有百害而無 　　一利
(d)八方<u>美</u>人 ハッポウ ジン	(i)ヒ	(ii)ピ	(iii)ビ	4.一舉兩得
(e)<u>非</u>業の最期 ゴウ サイゴ	(i)ビ	(ii)ミ	(iii)ヒ	5.傍若無人
(f)<u>飛</u>車取リ王手 シャト オウテ	(i)ミ	(ii)ヒ	(iii)ビ	6.窮忙窮忙跑 　　斷肚腸 7.恢復原狀
(g)<u>百</u>害あって一利なし ガイ イチリ	(i)ミャク	(ii)ジャク	(iii)ヒャク	8.背水之陣 9.死于非命
(h)<u>貧</u>乏ひまなし ボウ	(i)チン	(ii)ビン	(iii)ミン	10.八面玲瓏
(i)<u>傍</u>若無人 ジャクムジシ	(i)ボウ	(ii)モウ	(iii)ドウ	
(j)<u>坊</u>主憎けりゃ ズ ニク	(i)モウ	(ii)ボウ	(iii)ロウ	

袈裟まで憎い
ケサ　ニク

—19—

答(a)(i) ハイ 8　(b)(ii) バ　1　(c)(iii) ハク 7　(d)(iii) ビ　10

(e)(iii) ヒ　9　(f)(ii) ヒ　4　(g)(iii) ヒャク 3　(h)(ii) ビン 6

(i)(i) ボウ 5　(j)(ii) ボウ 2

(2)以下為日本地名，說出畫線的部份的讀音為 訓讀或音讀。

（無例外字）

(a)梅田市（大阪）

ウメダシ

(b)大阪府

オオサカフ

(c)富山縣

トヤマケン

(d)福岡縣

フクオカケン

(e)兵庫縣

ヒョウゴケン

(f)麻布區（東京）

アサブク

(g)板橋區（東京）

イタバシク

(h)八王子市（東京）

ハチオウジシ

(i)群馬縣

グンマケン

(j)富士山（靜岡）

フジサン

(k)大分縣

オオイタケン

(l)熊本縣

クマモトケン

—20—

⒨宝塚市（兵庫）

    タカラヅカシ

答(a)訓　(b)訓　(c)訓　(d)音　(e)音　(f)訓　(g)訓　(h)音　(i)音　(j)音
(k)訓　(l)訓　(m)訓

註：梅ウメ、馬ウマ、熊クマ可能與古代漢語的發音有關係。

1・4 ㄉㄊ

A 語料

日語（華譯）	日語音讀	華語讀音
⑴自他（自己和他人）	ジタ	ㄗˋ ㄊㄚ
太鼓（鼓）	タイコ	ㄊㄞˋ ㄍㄨˇ
反體（反對）	ハンタイ	ㄈㄢˇ ㄊㄧˋ
亭主（丈夫）	テイシュ	ㄊㄧㄥˊ ㄓㄨˇ
探偵（偵探）	タンテイ	ㄊㄢˋ ㄓㄣ
湯治（溫泉療養）	トウジ	ㄊㄤ ㄓˋ
暴投（胡亂投球）	バクトウ	ㄅㄠˋ ㄊㄡˊ
封筒（信封）	フウトウ	ㄈㄥ ㄊㄨㄥˊ
養豚（養豬）	ヨウトン	ㄧㄤˇ ㄊㄨㄣˊ
篤農（熱心於農業生產的人）	トクノウ	ㄉㄨˇ ㄋㄨㄥˊ
登校（上學）	トウコウ	ㄉㄥ ㄒㄧㄠˋ
納豆（蒸後醱酵的大豆）	ナットウ	ㄋㄚˋ ㄉㄡˋ
到着（低達）	トウチャク	ㄉㄠˋ ㄓㄨㄛˊ
當惑（困惑／為難）	トウワク	ㄉㄤ ㄏㄨㄛˋ
都會（都市）	トカイ	ㄉㄨ ㄏㄨㄟˋ
的中（猜中）	テキチュウ	ㄉㄧˋ ㄓㄨㄥˋ
匹敵	ヒッテキ	ㄆㄧˇ ㄉㄧˊ
⑵電氣（電／燈）	デンキ	ㄉㄧㄢˋ ㄑㄧˋ
鈍感（感覺遲鈍）	ドンカン	ㄉㄨㄣˋ ㄍㄢˇ

大豆（黃豆）	ダイズ	ㄉㄚˋ　ㄉㄡˋ
題名（題目）	ダイメイ	ㄊㄧˊ　ㄇㄧㄥˊ
相談（商量）	ソウダン	ㄒㄧㄤ　ㄊㄢˊ
疊語（疊字）	ジョウゴ	ㄉㄧㄝˊ　ㄩˇ
条理（條理）	ジョウリ	ㄊㄧㄠˊ　ㄌㄧˇ
(3)　台灣	タイワン	ㄊㄞˊ　ㄨㄢ
台所（厨房）	ダイドコロ	ㄊㄞˊ　ㄙㄨㄛˇ
交代（輪流）	コウタイ	ㄐㄧㄠ　ㄉㄞˋ
代休（補假）	ダイキュウ	ㄉㄞˋ　ㄒㄧㄡ
意圖	イト	一ˋ　ㄊㄨˊ
圖工（圖畫和手工）	ズコウ	ㄊㄨˊ　ㄍㄨㄥ
土壇場（一籌莫展之際）	ドタンバ	ㄊㄨˇ　ㄊㄢˊ　ㄔㄤ
花壇	カダン	ㄏㄨㄚ　ㄊㄢˊ
頭首（首腦）	トウシュ	ㄊㄡˊ　ㄕㄡˇ
頭蓋骨（顱骨）	ズガイコツ	ㄊㄡˊ　ㄍㄞˋ　ㄍㄨˇ
宅地（住宅用地）	タクチ	ㄓㄞˊ　ㄉㄧˋ
地藏（地藏菩薩）	ジゾウ	ㄉㄧˋ　ㄗㄤˋ
神道	シントウ	ㄕㄣˊ　ㄉㄠˋ
道化（滑稽）	ドウケ	ㄉㄠˋ　ㄏㄨㄚˋ
土地	トチ	ㄊㄨˇ　ㄉㄧˋ
土方（土木工程工人）	ドカタ	ㄊㄨˇ　ㄈㄤ
布團（棉被）	フトン	ㄅㄨˋ　ㄊㄨㄢˊ
團團（圓的）	ダンダン	ㄊㄨㄢˊ　ㄊㄨㄢˊ
義弟（夫的弟／妹夫）	ギテイ	一ˋ　ㄉㄧˋ
兄弟	キョウダイ	ㄒㄩㄥ　ㄉㄧˋ
支度（準備）	シタク	ㄓ　ㄉㄨˋ
度外視（置之度外）	ドガイシ	ㄉㄨˋ　ㄨㄞˋ　ㄕˋ

B 規律

　　以上語例皆含有華語聲母ㄉ或ㄊ之漢字。他們的日語對應爲タ行(1)，
ダ行(2)，或タ／ダ行(3)，利用聲調與清濁之對應關係（請看概論 6 ）可

以導出以下的規律。

華　語		日　語	語　例
ㄉ(d)	一、三聲	ㄊ(t) 行	反體
ㄊ(t)	二、四聲	ㄊ(t) 行	到着
		ㄉ(d) 行	題名
		ㄊ(t)/ㄉ(d) 行	治安 / 政治

　　ㄉ行的聲母，d 在元音イウ或半元音＋元音，ヤ、ユ、ヨ之前一律變成 z，這是日語內部的語言規律。這會使得ヂ(zi)、ヅ(zu)各別與ジ(zi)、ズ(zu)同音。為了方便用假名寫的時候，除了在<u>和語</u>裏，由於連音變化而產生的ヂ(zi)、ヅ(zu)，如「鼻血」，ハナ(hana)＋チ(ti)→ハナヂ(hanazi)以外，一律使用ジ(zi)、ズ(zu)。因此有些漢字的讀音，雖原為ㄉ(d)行，但寫成ジ或ズ。譬如：

自他　＊ヂタ　→○ジタ　　（zita）
政治　＊セイヂ　→○セイジ　（seizi）
條理　＊ヂョウリ→○ジョウリ（zyouri）
圖畫　＊ヅガ　→○ズガ　　（zuga）　　　（請看附錄②）

C練習

(1)選出所缺讀音

(a)亭主 ＿シュ　　　(i) テイ　　　(ii) ベイ　　　(iii) ゼイ

(b)登校 ＿コウ　　　(i) ボウ　　　(ii) トウ　　　(iii) ドウ

(c)都會 ＿カイ　　　(i) ド　　　　(ii) ゾ　　　　(iii) ト

(d)納豆 ナッ＿＿　　(i) トウ　　　(ii) ゾウ　　　(iii) モウ

(e)相談 ソウ＿＿　　(i) ザン　　　(ii) ダン　　　(iii) バン

(f)圖畫 ＿ガ　　　　(i) グ　　　　(ii) ズ　　　　(iii) ス

(g)地面 ＿メン　　　(i) ヒ　　　　(ii) ジ　　　　(iii) ギ

(h)電氣 ＿キ　　　　(i) ベン　　　(ii) デン　　　(iii) ゼン

(i)兄弟 キョウ＿＿　(i) ザイ　　　(ii) ハイ　　　(iii) ダイ

(j)當惑 ＿ワク　　　(i) トウ　　　(ii) ドウ　　　(iii) ゾウ

(k)封筒　フウ＿＿＿　　（i）ゾウ　　　（ii）ボウ　　　（iii）トウ

(l)条理　＿＿リ　　（i）ビョウ　　　（ii）ジョウ　　　（iii）ヒョウ

(m)子弟　シ＿＿＿＿　　（i）テイ　　　（ii）ゼイ　　　（iii）メイ

答(a)(i) テイ　　(b)(ii) トウ　　(c)(iii) ト　　(d)(i) トウ　　(e)(ii) ダン

(f)(ii) ズ　　(g)(ii) ジ　　(h)(ii) デン　　(i)(iii) ダイ　　(j)(i) トウ

(k)(iii) トウ　　(l)(ii) ジョウ　　(m)(i) テイ

(2)選出適當的漢字塡空

ショクタク　　　　シ タク
(a)　食卓　の支＿＿＿をする　　　　（i）度　　（ii）應　　（iii）配

準備飲卓

ド タン バ
(b)土＿＿＿場に追いこむ　　　　　（i）改　　（ii）豪　　（iii）壇

逼到了一籌莫展之際

ソウダン
(c)相＿＿がまとまった　　　　　　（i）見　　（ii）談　　（iii）量

商量好了

ブシ　　　　　　トウチャク
(d)無事に目的地へ＿＿＿着した　　　（i）飛　　（ii）落　　（iii）到

平安到達了目的地

ト　カイ
(e)＿＿＿會は住みづらい　　　　　　（i）都　　（ii）市　　（iii）區

都市不好住

—24—

　　　　　ド　キョウ
(f) ＿＿胸のある人　　　　　　　　　　　(i) 脯　(ii) 度　(iii)廣

有膽量的人

　　　　　ドンカン
(g) ＿＿感になた　　　　　　　　　　　　(i) 無　(ii) 敏　(iii) 鈍

變遲鈍了

　　　　　デン　キ
(h) ＿＿氣をつけて下さい　　　　　　　　(i) 勇　(ii) 生　(iii) 電

請開燈

　　　　　キョウダイ
(i)兄＿＿が三人いる　　　　　　　　　　(i) 妹　(ii) 輩　(iii)弟

有三個兄弟姊妹

答(a)(i) 度　(b)(iii)壇　(c)(ii) 談　(d)(iii)到　(e)(i) 都　(f)(ii) 度
　(g)(iii) 鈍　(h)(iii)電　(i)(iii)弟

1・53

A語料

日語（華譯）	日語音讀	華語讀音
(1)南中（中天）	ナンチュウ	ㄋㄢˊ　ㄓㄨㄥ
難船（船隻遇難）	ナンセン	ㄋㄢˋ　ㄔㄨㄢˊ
尼公（出家爲尼的貴婦）	ニコウ	ㄋㄧˊ　ㄍㄨㄥ
年始（年初／拜年）	ネンシ	ㄋㄧㄢˊ　ㄕˇ
念願（心願）	ネンガン	ㄋㄧㄢˋ　ㄩㄢˋ
粘着	ネンチャク	ㄋㄧㄢˊ　ㄓㄨㄛˊ
藝能（演劇、歌謠等總稱）	ゲイノウ	ㄧˋ　ㄋㄥˊ
惱殺（神魂顛倒）	ノウサツ	ㄋㄠˇ　ㄕㄚ

納入（繳納）	ノウニュウ	ㄋㄚˋ	ㄖㄨˋ
(2)諾否（是否）	ダクヒ	ㄋㄨㄛˋ	ㄈㄡˇ
暖房（暖氣）	ダンボウ	ㄋㄨㄢˇ	ㄈㄤˊ
泥醉（酩酊大醉）	デイスイ	ㄋㄧˊ	ㄗㄨㄟˋ
令孃（小姐）	レイジョウ	ㄌㄧㄥˋ	ㄋㄧㄤˊ
	（reizyou）		
怒號	ドゴウ	ㄋㄨˋ	ㄏㄠˊ
奴隸	ドレイ	ㄋㄨˊ	ㄌㄧˋ
(3) 家內（老婆）	カナイ	ㄐㄧㄚ	ㄋㄟˋ
境內（神社、寺院的院內）	ケイダイ	ㄐㄧㄥˋ	ㄋㄟˋ
美男	ビナン	ㄇㄟˇ	ㄋㄢˊ
男優（男演員）	ダンユウ	ㄋㄢˊ	ㄧㄡ
女房（老婆）	ニョウボウ	ㄋㄩˇ	ㄈㄤˊ
女醫（女醫師）	ジョイ(zyo'i)	ㄋㄩˇ	ㄧ
(4)匿名	トクメイ	ㄋㄧˋ	ㄇㄧㄥˊ
耐久	タイキュウ	ㄋㄞˋ	ㄐㄧㄡˇ
出納	シュットウ	ㄔㄨ	ㄋㄚˋ
野鳥	ヤチョウ	ㄧㄝˇ	ㄋㄧㄠˇ
擬音（擬聲）	ギオン	ㄋㄧˊ	ㄗㄥ

B 規律

以上語例皆含有華語聲母爲ㄋ之漢字。其日語對應爲ナ行(1)，ダ行(2)或ナ／ダ行(3)。對應規律如下：

華　　語	日　　語	例　　子
	ナ（n）行	南北
ㄋ（n）	ダ（d）行	泥土
	ナ（n）/ダ（d）行	美男／男子

ナ行、ダ行分別爲吳音、漢音（請參考概論 6 ）。 (4)爲例外讀音。ダ行的聲母 d，在元音イ、ウ或半元音＋元音、ヤ、ユ、ヨ之前一律變成 z。

（請看 1・4 ）。

C 練習

(1)選出所缺讀音

(a)南地 ___ ボク (i) ナン (ii) マン (iii) ラン

(b)泥土 ___ ド (i) メイ (ii) デイ (iii) ベイ

(c)醸造 ___ ゾウ (i) ギョウ (ii) ビョウ (iii) ジョウ

(d)少女 ショウ___ (i) ショ (ii) ジョ (iii) リョ

(e)女房 ___ ボウ (i) ニョウ (ii) ミョウ (iii) ビョウ

(f)難易 ___ イ (i) ラン (ii) ナン (iii) ザン

(g)家内 カ___ (i) ガイ (ii) ナイ (iii) ザイ

(h)藝能 ゲイ___ (i) モウ (ii) ボウ (iii) ノウ

(i)匿名 ___ メイ (i) ノク (ii) トク (iii) ドク

(j)模擬 モ___ (i) ジ (ii) ギ (iii) ニ

(k)耐久 ___ キュウ (i) タイ (ii) ガイ (iii) ナイ

(l)野鳥 ヤ___ (i) ジョウ (ii) チョウ (iii) ギョウ

答(a)(i) ナン (b)(ii) デイ (c)(iii) ジョウ

　(d)(ii) ジョ (e)(i) ニョウ (f)(ii) ナン

　(g)(ii) ナイ (h)(iii) ノウ (i)(ii) トク （例外）

　(j)(ii) ギ （例外） (k)(i) タイ （例外） (l)(ii) チョウ（例外）

(2)選出適當的漢字填空

　ダクヒ　ゴイッポウ
(a) ___ 否御一報下さい　　　　　　　　(i) 諾 (ii) 認 (iii) 是
　是否應允，請函告爲荷

　ナンイ
(b) ___ 易の差はあるが，どれも大切だ　(i) 堅 (ii) 難 (iii) 重
　雖然難易不同，可是那個都重要

—27—

ネンガン　トド
(c)長い間の＿＿願が届いた　　　　　　　　(i)念　(ii)希　(iii)求
　長時期的願望實現了

クノウ
(d)苦＿＿の色が彼の顔に現れた　　　　　　(i)悶　(ii)老　(iii)腦
　他的臉上出現了苦腦的神色

ダンシ
(e)この學校は＿＿子生徒が多い　　　　　　(i)盲　(ii)男　(iii)漢
　這所學校男學生多

ヤ　チョウ
(f)野＿＿＿は保護しなければならない　　　　(i)貓　(ii)鳥　(iii)苗
　我們應該保護野鳥

答(a)(i)諾　(b)(ii)難　(c)(i)念　(d)(iii)腦　(e)(ii)男　(f)(ii)鳥

1・6 カ

A語料

日語（華譯）	日語音讀	華語讀音
落語（滑稽故事（一種曲藝））	ラクゴ	ㄎㄨㄛˋ　ㄩˇ
來年（明年）	ライネン	ㄌㄞˊ　ㄋㄧㄢˊ
着陸（降落）	チャクリク	ㄓㄨㄛˊ　ㄌㄨˋ
律儀（忠實／正直）	リチギ	ㄌㄩˋ　ㄧˊ
計略（計策）	ケイリャク	ㄐㄧˋ　ㄌㄩㄝˋ
留別（告別）	リュウベツ	ㄌㄧㄡˊ　ㄅㄧㄝˊ
川柳（一種諷刺的短語）	センリュウ	ㄔㄨㄢ　ㄌㄧㄡˇ
無料（免費）	ムリョウ	ㄨˊ　ㄌㄧㄠˋ
獨身寮（單身宿舍）	ドクシンリョウ	ㄎㄨˊ　ㄕㄣ　ㄌㄧㄠˊ

燐火（鬼火）	リンカ	ㄌㄧㄣˊ ㄏㄨㄛˇ
謝禮（報酬）	シャレイ	ㄒㄧㄝˋ ㄌㄧˇ
披露宴（請喝喜酒的場面）	ヒロウエン	ㄆㄧ ㄌㄨˋ ㄧㄢˋ
禮電（謝電）	レイデン	ㄌㄧˇ ㄌㄧㄢˋ
雞卵（雞蛋）	ケイラン	ㄐㄧ ㄌㄨㄢˇ
量產（產量）	リョウサン	ㄌㄧㄤˋ ㄔㄢˇ

B 規律

以上語例皆含有華語聲母爲ㄌ之漢字，他們的日語對應爲ㄌ行。以下爲規律。

華　語	日　語	語　例
ㄌ（l）	ㄌ（r）行	落語

C 練習

(1)選出所缺讀音

(a)落語 ___ ゴ　　　(i) マク　　(ii) ダク　　(iii) ラク

(b)保留 ホ___　　(i) ニュウ　(ii) ジュウ　(iii) リュウ

(c)鄰室 ___ シツ　　(i) ミン　　(ii) リン　　(iii) ニン

(d)謝禮 シャ___　(i) デイ　　(ii) ネイ　　(iii) レイ

答(a)(iii)ラク　　(b)(iii)リュウ　　(c)(ii)リン　　(d)(iii)レイ

(2)選出適當的漢字塡空

　　　　リチギ
(a)彼は ___ 儀な人だ　　　　　　　　(i)忠　(ii)律　(iii)孝

他是個忠實的人

　　ケイリャク
(b)計 ___ にかかる　　　　　　　　　(i)略　(ii)畫　(iii)謀

上圈套

-29-

(c)無____で提供する   (i)費 (ii)金 (iii)料

ムリョウ（above 料）

免費供應

(d)七〇二便は成田にまもなく着____す (i)地 (ii)到 (iii)陸

ナリタ（above 成田）　チャクリク（above 着陸）

る

七〇二班機快要降落在成田機場

(e)結婚式の 披____宴は明日だ   (i)新 (ii)展 (iii)露

ケッコンシキ ヒロウエン（above 結婚式 披露宴）

明天請客喝喜酒

　　答(a)(ii)律　(b)(i)略　(c)(iii)料　(d)(iii)陸　(e)(iii)露

1・7 總練習（1・4〜1・6）

(1)以下爲日語成語，選出所缺讀音，並選出意思相同的華語成語

(a)太鼓判を押す	(i)タイ	(ii)ザイ	(iii)ライ
＿コバン　オ			
(b)多勢に無勢	(i)ダ	(ii)タ	(iii)バ
＿ゼイ　ムゼイ			
(c)地獄の一丁目	(i)ギ	(ii)ジ	(iii)リ
＿ゴク			
(d)亭主關白	(i)ゼイ	(ii)テイ	(iii)ペイ
＿シュカンパク			
(e)鐵は熱いうちに	(i)ゼツ	(ii)メツ	(iii)テツ
＿＿アツ			
打て			

1.事實勝於雄辯

2.醉翁之意不在酒

3.丈夫當家

4.無關緊要

5.眞人不露相

6.保證沒錯

7.物以類聚

8.寡不敵衆

9.性急知苦

10.險些遇難

11.趁熱打鐵

(f)毒にも藥にもなら　(i) ゾク　　(ii) ロク　　(iii) ドク

　　　　　　クスリ
　　ぬ

(g)能ある鷹は爪を　(i) ロウ　　(ii) ノウ　　(iii) ゾウ

　　　　　タカ ツメ
　　かくす

(h)類は友を呼ぶ　(i) ヌイ　　(ii) ルイ　　(iii) ブイ

　　　　　トモ ヨ

(i)短氣は損氣　(i) タン　　(ii) ザン　　(iii) ダン

　　　キ ソンキ

(j)敵は本願寺にあ　(i) レキ　　(ii) ベキ　　(iii) テキ

　　　　　ホンガンジ

　　り

答(a)(i) タイ 6　(b)(ii) タ　8　(c)(ii) ジ　10　(d)(ii) テイ 3

　　(e)(iii) テツ 11　(f)(iii) ドク 4　(g)(ii) ノウ 5　(h)(ii) ルイ 7

　　(i)(i) タン 9　(j)(iii) テキ 2

(2)以下爲日本地名，說出畫線的部份的讀音爲訓讀或音讀（無例外字）。

　(a)京都市

　　キョウトシ

　(b)丹波（原山陰八國之一）

　　タンバ

　(c)北海道

　　ホッカイドウ

　(d)伊豆市（靜岡）

　　イズシ

　(e)天王寺市（大阪）

　　テンノウジシ

(f)德島縣
　　トクシマケン

(g)佐渡島
　　サドシマ

(h)東京
　　トウキョウ

(i)鹿兒島縣
　　カゴシマケン

(j)福島縣
　　フクシマケン

(k)能代市（秋田）
　　ノジロシ

(l)留萌市（北海道）
　　ルモミシ

(m)南村山群（山形）
　　ミナミムラヤマグン

答(a)音　(b)音　(c)音　(d)音　(e)音　(f)音　(g)音　(h)音　(i)訓　(j)訓
　(k)音　(l)音　(m)訓

2. ㄗ ㄘ ㄙ ㄓ ㄔ ㄕ ㄖ

2·1 ㄗ ㄘ

A語料

日語（華譯）	日語音讀	華語讀音	
⑴卒業（畢業）	ソツギョウ	ㄗㄨˊ	一ㄝˋ
競走（比賽）	キョウソウ	ㄐ一ㄥˋ	ㄗㄡˇ
寸法（尺寸）	スンポウ	ㄘㄨㄣˋ	ㄈㄚˇ
名刺（名片）	メイシ	ㄇ一ㄥˊ	ㄘˋ
降參（投降）	コウサン	ㄐ一ㄤˋ	ㄘㄢ
別冊（增刊冊）	ベッサツ	ㄅ一ㄝˊ	ㄘㄜˋ
昨日（昨天）	サクジツ	ㄗㄨㄛˊ	ㄖˋ
揭載（登載）	ケイサイ	ㄐ一ㄝ	ㄗㄞˋ
野菜（青菜）	ヤサイ	一ㄝˇ	ㄘㄞˋ
作業（工作）	サギョウ	ㄗㄨㄛˋ	一ㄝˋ
⑵在留（僑居）	ザイリュウ	ㄗㄞˋ	ㄌ一ㄡˊ
歌舞技座（歌舞技劇院）	カブキザ	ㄍㄜ ㄨˇ ㄐ一ˋ	
		ㄗㄨㄛˋ	
雜巾（抹布）	ゾウキン	ㄗㄚˊ	ㄐ一ㄣ
雜炊（菜粥）	ゾウスイ	ㄗㄚˊ	ㄔㄨㄟ
辭書（辭典）	ジショ	ㄘˊ	ㄕㄨ
⑶ 財布（錢包）	サイフ	ㄘㄞˊ	ㄅㄨˋ
家財（家中一切什物家具）	カザイ	ㄐ一ㄚ	ㄘㄞˊ
慘苦（深重的痛苦）	サンク	ㄘㄢˇ	ㄎㄨˇ
慘殺	ザンサツ	ㄘㄢˇ	ㄕㄚ
從容	ショウヨウ	ㄘㄨㄥˊ	ㄖㄨㄥˊ
主從（主人與從者）	シュジュウ	ㄓㄨˇ	ㄘㄨㄥˊ
存神（存養精神）	ソンシン	ㄘㄨㄣˊ	ㄕㄣˊ
存分（盡量）	ゾンブン	ㄘㄨㄣˊ	ㄈㄣˋ

次第（次序）	シダイ	ㄘˋ	ㄉㄧˋ
次回（下次）	ジカイ	ㄊㄜˋ	ㄏㄨㄟˊ
自然	シゼン	ㄗˋ	ㄖㄢˊ
自分（自己）	ジブン	ㄗˋ	ㄈㄣ
(4)選擇	センタク	ㄒㄩㄢˇ	ㄗㄜˊ
光澤	コウタク	ㄍㄨㄤ	ㄗㄜˊ

B規律

　　以上語例皆含有華語聲母爲ㄗ或ㄘ之漢字。它們的日語對應爲サ行(1)、ザ行(2)或サ／ザ行(3)，利用聲調與清濁之對應規律（請看概論 6 ）可以導出下列規律。

華　　　語		日　　　語	語　　例
ㄗ（z）	一、三聲	サ（s）行	作業
ㄘ（c）	二、四聲	サ（s）行	昨日
		ザ（z）行	在留
		サ（s）／ザ（z）行	存在／存分

(4)爲例外讀音。註(1)

C練習

(1)選出所缺讀音

(a)本尊　ホン＿＿＿　　(i) ソン　　(ii) ノン　　(iii) ゾン

(b)寸法　＿＿ボウ　　(i) ズン　　(ii) スン　　(iii) ブン

(c)野菜　ヤ＿＿＿　　(i) ハイ　　(ii) タイ　　(iii) サイ

(d)自分　＿＿＿ブン　　(i) チ　　(ii) ビ　　(iii) ジ

(e)財布　＿＿フ　　(i) ハイ　　(ii) サイ　　(iii) バイ

(f)自然　＿＿＿ゼン　　(i) リ　　(ii) チ　　(iii) シ

(g)財産　＿＿＿サン　　(i) タイ　　(ii) ザイ　　(iii) マイ

(h)辭書　＿＿ショ　　(i) ニ　　(ii) リ　　(iii) ジ

(i)雜炊　＿＿＿スイ　　(i) モウ　　(ii) ゾウ　　(iii) トウ

(j)選擇　セン＿＿＿　　(i) サク　　(ii) ザク　　(iii) タク

(k)光澤 コウ____　　　　(i) ダク　　　　(ii) ザク　　　　(iii) タク

答(a) (iii) ゾン　　　　(b) (ii) スン　　　　(c) (iii) サイ

　(d) (iii) ジ　　　　(e) (ii) サイ　　　　(f) (iii) シ

　(g) (ii) ザイ　　　　(h) (iii) ジ　　　　(i) (ii) ゾウ

　(j) (iii) タク （例外）　(k) (iii) タク （例外）

(2) 選出適當的漢字塡空

　　シキ　シダイ
(a)式の ___ 第　　　　　　　　　　(i) 次　(ii) 排　(iii) 位
　儀式次序

　　　　ザイリュウ
(b)日本 ___ 留のイギリス人　　　　(i) 永　(ii) 在　(iii) 滯
　僑居日本的英國人

　　ゾンブン
(c) ___ 分に食べて下さい　　　　　(i) 多　(ii) 滿　(iii) 存
　請飽吃

　　センタク
(d)選 ___ を誤まる　　　　　　　　(i) 錄　(ii) 擇　(iii) 樣
　選錯

　　サギョウ
(e) ___ 業の能率を上げる　　　　　(i) 作　(ii) 土　(iii) 勞
　提高工作效率

___ジブン

(f) ___分の事ばかり考える　　　　　　　(i) 私　(ii) 我　(iii)自

光爲自己打算

答(a)(i) 次　(b)(ii) 在　(c)(iii)存　(d)(ii) 擇　(e)(i) 作　(f)(iii)自

2・2 ㄓ ㄞ

A語料

日語（華譯）	日語音讀	華語讀音	
(1)食桌（飯桌）	ショク<u>タク</u>	ㄕˊ	ㄓㄨㄛ
洗<u>濯</u>（洗衣服）	セン<u>タク</u>	ㄒㄧˇ	ㄓㄨㄛˊ
<u>遲</u>刻（遲到）	<u>チ</u>コク	ㄔˊ	ㄎㄜˋ
合<u>致</u>（一致）	ガッ<u>チ</u>	ㄏㄜˊ	ㄓˋ
<u>竹</u>馬	<u>チク</u>バ	ㄓㄨˊ	ㄇㄚˇ
紅<u>茶</u>	コウ<u>チャ</u>	ㄏㄨㄥˊ	ㄔㄚˊ
<u>晝</u>食（午飯）	<u>チュウ</u>ショク	ㄓㄡˋ	ㄕˊ
<u>駐</u>車（停車）	<u>チュウ</u>シャ	ㄓㄨˋ	ㄔㄜ
通<u>帳</u>（摺子）	ツウ<u>チョウ</u>	ㄊㄨㄥ	ㄓㄤˋ
朝食（早餐）	<u>チョウ</u>ショク	ㄓㄠ	ㄕˊ
(2)<u>傳</u>記	<u>デン</u>キ	ㄓㄨㄢˋ	ㄐㄧˋ
<u>濁</u>流	<u>ダク</u>リュウ	ㄓㄨㄛˊ	ㄌㄧㄡˊ
(3) 政<u>治</u>	セイ<u>ジ</u>	ㄓㄥˋ	ㄓˋ
<u>治</u>下（統治下）	<u>チ</u>カ	ㄓˋ	ㄒㄧㄚˋ
<u>直</u>訴（　與告狀）	<u>ジ</u>キソ	ㄓˊ	ㄙㄨˋ
<u>直</u>通（直達）	<u>チョク</u>ツウ	ㄓˊ	ㄊㄨㄥ
愛<u>着</u>（摯愛）	アイ<u>ジャク</u>	ㄞˋ	ㄓㄨㄛˊ
	（aizyaku）		
<u>着</u>席（就座）	<u>チャク</u>セキ	ㄓㄨㄛˊ	ㄒㄧ

二重（兩層）	ニジュウ（nizyuu）	ㄦˋ ㄔㄨㄥˊ
重宝（方便實用）	チョウホウ	ㄓㄨㄥˋ ㄅㄠˇ
(4)表札（門牌）	ヒョウサツ	ㄅㄧㄠˇ ㄓㄚˊ
有志（志願參加）	ユウシ	ㄧㄡˇ ㄓˋ
用紙（格式紙）	ヨウシ	ㄩㄥˋ ㄓˇ
質屋（當舖）	シチヤ	ㄓˊ ㄨ
醫者（醫生）	イシャ	ㄧ ㄓㄜˇ
主人（丈夫）	シュジン	ㄓㄨˇ ㄖㄣˊ
承知（了解／應允）	ショウチ	ㄔㄥˊ ㄓ
往診（出診）	オウシン	ㄨㄤˇ ㄓㄣˇ
出世（成功）	シュッセ	ㄔㄨ ㄕˋ
茶道	サドウ	ㄔㄚˊ ㄉㄠˋ
(5)持參（帶來）	ジサン（zisan）	ㄔˊ ㄘㄢ
住所（地址）	ジュウショ（zyuusyo）	ㄓㄨˋ ㄙㄨㄛˇ
助力（幫助）	ジョリョク（zyoryoku）	ㄓㄨˋ ㄌㄧˋ
白狀（招供）	ハクジョウ（hakuzyou）	ㄅㄞˊ ㄓㄨㄤˋ
丈夫（壯建）	ジョウブ（zyoubu）	ㄓㄤˋ ㄈㄨ
冗談（開玩笑）	ジョウダン（zyoudan）	ㄔㄥˊ ㄊㄢˊ
(6)成功	セイコウ	ㄔㄥˊ ㄍㄨㄥ
成佛（死）	ジョウブツ（zyoubutu）	ㄔㄥˊ ㄈㄛˊ
(7)茶器	チャキ	ㄔㄚˊ ㄑㄧˋ

註(2)

-37-

B 規律

以上語例皆含有華語聲母為ㄓ、ㄔ的漢字。它們的日語對應為夕行(1)，ダ行(2)，夕／ダ行(3)、サ行(4)、ザ行(5)、サ／ザ行(6)，利用聲調與清濁之對應關係（請看概論6），可以導出以下規律。

華　　語		日　　語	語　　例
ㄓ(zh) ㄔ(ch)	一、三聲	夕(t)行 サ(s)行	食卓 承知
	二、四聲	ダ(d)行 ザ(z)行 夕(t)／ダ(d)行 サ(s)／ザ(z)行	傳記 住所 治安／政治 成功／成佛　　　　註(3)

(7)為例外讀音。

ダ行的聲母 d 在元音イ、ウ或半元音＋元音，ヤ、ユ、ヨ之前一律變成 z（請看1‧4B）。

C 練習

(1)選出所缺讀音

(a)洗濯　セン____	(i) ハク	(ii) タク	(iii) ナク
(b)駐車　____シャ	(i) チュウ	(ii) リュウ	(iii) ビュウ
(c)朝食　____ショク	(i) リョウ	(ii) ビョウ	(iii) チョウ
(d)政治　____ジ	(i) セイ	(ii) ケイ	(iii) ヘイ
(e)治安　____アン	(i) ギ	(ii) ミ	(iii) チ
(f)質屋　____ヤ	(i) シチ	(ii) ヒチ	(iii) ビチ
(g)主人　____ジン	(i) ビュ	(ii) シュ	(iii) ユ
(h)表札　ヒョウ____	(i) ハツ	(ii) サツ	(iii) バツ
(i)丈夫　____ブ	(i) リョウ	(ii) ビョウ	(iii) ジョウ
(j)成功　____コウ	(i) セイ	(ii) ベイ	(iii) ヘイ

(k)成佛 ___ブツ (i) ニョウ (ii) ジョウ (iii) ミョウ

(1)紅茶 コウ___ (i) ビャ (ii) ヒャ (iii) チャ

(m)茶道 ___ドウ (i) タ (ii) ザ (iii) サ

答(a)(ii) タク (b)(i) チュウ (c)(iii) チョウ (d)(i) セイ

(e)(iii) チ (f)(i) シチ (g)(ii) シュ (h)(ii) サツ

(i)(iii) ジョウ (j)(i) セイ (k)(ii) ジョウ (1)(iii) チャ（例外）

(m)(iii) サ

(2)選出適當的漢字填空

ケサ　　チコク セイト
(a)今朝 ___刻の生徒が多い （i）遲 （ii）晚 （iii）時
今天 早上遲到的學生多

チュウシャキンシ
(b)ここに ___車禁止 （i）留 （ii）駐 （iii）休
此處不准停車

チョウホウ ジショ
(c) ___宝な辭書 （i）重 （ii）貴 （iii）要
方便實用的辭典

ショウジキ　　　　　　　オドロ
(d) ___直に言えば，ちょっと驚いた （i）話 （ii）理 （iii）正
老實說，有一點吃驚了

ソン ショウチ
(e)損を ___知で賣る （i）道 （ii）承 （iii）明
明知賠錢貨而賣

ジョウブ　ナガモ
(f)＿＿夫で長持ち　　　　　　　　　(i) 丈　(ii) 練　(iii)老
結實耐用

ハクジョウ
(g)いっその事白＿＿しろ　　　　　　(i) 言　(ii) 告　(iii)狀
乾脆坦白了吧

ジサン
(h)昼食は＿＿參する事　　　　　　　(i) 持　(ii) 背　(iii)伴
午飯要帶來

ジュウショ
(i)＿＿所とお名前をお願いします　　(i) 留　(ii) 住　(iii)房
請寫上地址與名字

ジョウダン
(j)＿＿談かすきな人　　　　　　　　(i) 冗　(ii) 話　(iii)浮
喜歡開玩笑的人

答(a)(i) 遲　(b)(ii) 駐　(c)(i) 重　(d)(iii)正　(e)(ii) 承　(f)(i) 丈
(g)(iii)狀　(h)(i) 持　(i)(ii) 住　(j)(i) 冗

2・3 ムア

A 語料

日語（華譯）	日語音讀	華語讀音
(1)物騷（騷然不安／危險）	ブッソウ	ㄨˋ　ㄙㄠ
放送（廣播）	ホウソウ	ㄈㄤˋ　ㄙㄨㄥ
告訴（控告）	コクソ	ㄍㄠˋ　ㄙㄨˋ
未遂	ミスイ	ㄨㄟˋ　ㄙㄨㄟˋ
素顔（不施脂粉的臉）	スガオ	ㄙㄨˋ　一ㄢˊ

宿泊（投宿）	シュクハク	ㄙㄨˋ	ㄅㄛˊ
司會（主持會議、會場）	シカイ	ㄙ	ㄏㄨㄟˋ
早速（立刻）	サッソク	ㄗㄠˇ	ㄙㄨˋ
歲末（歲暮）	サイマツ	ㄙㄨㄟˋ	ㄇㄛˋ
施設（設施）	シセツ	ㄕ	ㄕㄜˋ
試驗（考試）	シケン	ㄕˋ	ㄧㄢ
署名（簽名）	ショメイ	ㄕㄨˇ	ㄇㄧㄥˊ
紹介（介紹）	ショウカイ	ㄕㄠˋ	ㄐㄧㄝˋ
不審（懷疑）	フシン	ㄅㄨˋ	ㄕㄣˇ
弁舌（口戈）	ベンゼツ	ㄅㄧㄢˋ	ㄕㄜˊ
留守（不在家）	ルス	ㄌㄧㄡˊ	ㄕㄡˇ
扇風機（電風扇）	センプウキ	ㄕㄢˋ	ㄈㄥ ㄐㄧ
識別（辨別）	シキベツ	ㄕˋ	ㄅㄧㄝˊ
磁石（磁鐵）	ジシャク	ㄘˊ	ㄕˊ
(2)熟練	ジュクレン	ㄕㄨˊ	ㄌㄧㄢˋ
私塾（私立補習班）	シジュク	ㄙ	ㄕㄨˊ
修繕（修理）	シュウゼン	ㄒㄧㄡ	ㄕㄢˋ
屬領（屬地）	ゾクリョウ	ㄕㄨˇ	ㄌㄧㄥˇ
俗惡（庸俗惡劣）	ゾクアク	ㄙㄨˊ	ㄜˋ
隨一（第一）	ズイイチ	ㄙㄨㄟˊ	ㄧ
壽命	ジュミョウ	ㄕㄡˋ	ㄇㄧㄥˋ
大蛇	ダイジャ	ㄉㄚˋ	ㄕㄜˊ
(3) 示唆	シサン	ㄕˋ	ㄙㄨㄛ
示談（和解／說合）	ジダン	ㄕˋ	ㄊㄢˊ
仕事（工作）	シゴト	ㄕˋ	ㄕˋ
給仕（伺候（吃飯））	キュウジ	ㄐㄧˇ	ㄕˋ
身上（身世）	シンショウ	ㄕㄣ	ㄕㄤˋ
上手（高明，能手）	ジョウズ	ㄕㄤˋ	ㄕㄡˇ
食事（飲食）	ショクジ	ㄕˊ	ㄕˋ
斷食（絕食）	ダンジキ	ㄉㄨㄢˋ	ㄕˊ

說教（規戒／教誨）	セッキョウ	ㄕㄨㄛ	ㄐㄧㄠˋ
遊說	ユウゼイ	ㄧㄡˊ	ㄕㄨㄟˋ
盛觀（壯觀）	セイカン	ㄕㄥˋ	ㄍㄨㄢ
繁盛	ハンジョウ	ㄈㄢˊ	ㄕㄥˋ
(4)蛇足	ダソク	ㄕㄜˊ	ㄗㄨˊ
輸出（出口）	ユシュツ	ㄕㄨ	ㄔㄨ

B 規律

　　以上語例皆含有華語聲母爲ㄙ、ㄕ之漢字。它們的日語對應爲サ行(1)，ザ行(2)サ／ザ行(3)，利用聲調與清濁之對應關係（請看概論 6 ）可以導出以下規律。

華　　語		日　語	語　例
ㄙ（s）	一、三聲	サ(s)行	物騷
ㄕ（sh）	二、四聲	サ(s)行	告訴
		ザ(z)行	弁舌
		サ(s)／ザ(z)行	仕事／給仕

(4)爲例外讀音。

C 練習

(1)選出所缺讀音

(a)私塾　シ＿＿＿　　　(i) ギュク　　(ii) ジュク　　(iii) ビュク

(b)扇風機　＿＿プウキ　(i) ネン　　(ii) デン　　(iii) セン

(c)壽命　＿＿ミョウ　　(i) ビュ　　(ii) ニュ　　(iii) ジュ

(d)食事　＿＿ジ　　　　(i) ショク　(ii) ビョク　(iii) リョク

(e)斷食　ダン＿＿＿　　(i) ビキ　　(ii) ジキ　　(iii) リキ

(f)宿泊　＿＿ハク　　　(i) ビュク　(ii) リュク　(iii) シュク

(g)歲末　＿＿マツ　　　(i) サイ　　(ii) マイ　　(iii) ダイ

(h)紹介　＿＿カイ　　　(i) ヒョウ　(ii) ビョウ　(iii) ショウ

(i)放送　ホウ＿＿＿　　(i) ソウ　　(ii) ロウ　　(iii) ホウ

(j)輸出　＿＿シュツ　　(i) チュ　　(ii) ユ　　(iii) シュ

(k)素顔 ___ガオ　　　　(i)ク　　　　(ii)ス　　　　(iii)フ

(l)磁石 ジ___　　　　　(i)ニャク　　　(ii)ピャク　　　(iii)シャク

(m)蛇足 ___ソク　　　　(i)ダ　　　　(ii)ナ　　　　(iii)ア

答(a)(ii)ジュク　(b)(iii)セン　(c)(iii)ジュ　(d)(i)ショク

　(e)(ii)ジキ　(f)(iii)シュク　(g)(i)サイ　(h)(iii)ショウ

　(i)(i)ソウ　(j)(ii)ユ(例外)　(k)(ii)ス　(l)(iii)シャク

　(m)(i)ダ(例外)

(2)選出適當的漢字塡空

　　　　　　　　ブッソウ
(a)女の夜の一人歩きは物___だ　　　(i)騒　(ii)亂　(iii)鬪
　女孩子晚上一個人走路是危險

　　サッソク
(b)早___金を送ってくれ　　　　　(i)敏　(ii)速　(iii)刻
　請立刻寄錢來

　　コクソ
(c)告___を取り下げる　　　　　　(i)控　(ii)言　(iii)訴
　撤回訴狀

　　セイダイ　ケッコンシキ
(d)___大な結婚式　　　　　　　　(i)隆　(ii)麗　(iii)盛
　盛大的婚禮

　　ルス　チュウ
(e)留___中に客が來た　　　　　　(i)守　(ii)久　(iii)地
　外出時有客人來

   フ<ins>シン</ins> イ<ins>ダ</ins>

(f)不＿＿＿を抱く   (i)感 (ii)審 (iii)安

 懷疑

     ハン<ins>ジョウ</ins>

(g)あの店は繁＿＿＿している   (i)盛 (ii)華 (iii)富

 那個商店生意興隆

  答(a)(i)騷 (b)(ii)速 (c)(iii)訴 (d)(iii)盛 (e)(i)守 (f)(ii)審
  (g)(i)盛

2・4日

A 語料

日語（華譯）	日語音讀	華語讀音	
(1)<ins>弱</ins>年（年輕）	<ins>ジャ</ins>クネン	ㄖㄨㄛˋ	ㄋㄧㄢˊ
<ins>潤</ins>色	<ins>ジュ</ins>ンショク	ㄖㄨㄣˋ	ㄙㄜˋ
<ins>土</ins>壤	<ins>ド</ins>ジョウ	ㄊㄨˇ	ㄖㄤˇ
恥<ins>辱</ins>	チ<ins>ジョ</ins>ク	ㄔˇ	ㄖㄨˋ
<ins>仁</ins>義	<ins>ジ</ins>ンギ	ㄖㄣˊ	ㄧˋ
凶<ins>刄</ins>（凶器）	キョウ<ins>ジ</ins>ン	ㄒㄩㄥ	ㄖㄣˋ
謙<ins>讓</ins>	ケン<ins>ジョ</ins>ウ	ㄑㄧㄢ	ㄖㄤˋ
(2)<ins>軟</ins>鐵（鍛鐵）	<ins>ナ</ins>ンテツ	ㄖㄨㄢˇ	ㄊㄧㄝˇ
<ins>肉</ins>親（骨肉）	<ins>ニ</ins>クシン	ㄖㄡˋ	ㄑㄧㄣ
<ins>入</ins>札（投票）	<ins>ニュ</ins>ウサツ	ㄖㄨˋ	ㄓㄚˊ
<ins>乳</ins>業（乳製品業）	<ins>ニュ</ins>ウギョウ	ㄖㄨˇ	ㄧㄝˋ
<ins>任</ins>意（隨意）	<ins>ニ</ins>ンイ	ㄖㄣˋ	ㄧˋ
<ins>認</ins>容（容認）	<ins>ニ</ins>ンヨウ	ㄖㄣˋ	ㄖㄨㄥˊ
<ins>妊</ins>婦（孕婦）	<ins>ニ</ins>ンプ	ㄖㄣˋ	ㄈㄨˋ
<ins>忍</ins>者（古代奸細）	<ins>ニ</ins>ンジャ	ㄖㄣˇ	ㄓㄜˇ
(3) 欠<ins>如</ins>（缺乏）	ケツ<ins>ジョ</ins>	ㄑㄧㄢˋ	ㄖㄨˊ
<ins>如</ins>實（眞實）	<ins>ニョ</ins>ジツ	ㄖㄨˊ	ㄕˊ

若輩（年輕人）	ジャクハイ	ㄖㄨㄛˋ ㄅㄟˋ	
老若	ロウニャク	ㄌㄠˇ ㄖㄨㄛˋ	
宇宙人（外星人）	ウチュウジン	ㄩˇ ㄓㄡˋ ㄖㄣ	
人間（人／人類）	ニンゲン	ㄖㄣˊ ㄐㄧㄢ	
平然（冷靜）	ヘイゼン	ㄆㄧㄥˊ ㄖㄢˊ	
天然	テンネン	ㄊㄧㄢ ㄖㄢˊ	
柔順（溫順）	ジュウジュン	ㄖㄡˊ ㄕㄨㄣ	
柔和	ニュウワ	ㄖㄡˊ ㄏㄜˊ	
先日（前些日子）	センジツ	ㄒㄧㄢ ㄖˋ	
日時（日子和時刻）	ニチジ	ㄖˋ ㄕˊ	
(4)染色	センショク	ㄖㄢˇ ㄙㄜˋ	
銳敏（敏銳）	エイビン	ㄖㄨㄟˋ ㄇㄧㄣˇ	
榮光（光榮）	エイコウ	ㄖㄨㄥˊ ㄍㄨㄤ	
融資（融通資金）	ユウシ	ㄖㄨㄥˊ ㄗ	
容疑（嫌疑）	ヨウギ	ㄖㄨㄥˊ ㄧˊ	
溶液	ヨウエキ	ㄖㄨㄥˊ ㄧˋ	

B規律

以上語例皆含有華語聲母爲ㄖ之音。它們的日語對應爲ザ行(1)，ナ行
(2)或ザ／ナ行(3)，以下爲對應規律。

華　　語	日　　語	語　　例
	ザ (z) 行	平日
ㄖ (r)	ナ (n) 行	軟化
	ザ (z)/ナ (n) 行	成人／人間

(4)爲例外讀音。

　　ザ行、ナ行分別爲漢音、吳音（請參看概論 5 ）。華語ㄖ對應日語
ダ行與ナ行（請看1‧5），需要特別注意。

—45—

C 練習

(1) 選出所缺讀音

(a)弱點 ＿＿テン 　　　　(i) ジャク 　　(ii) キャク 　　(iii) カク

(b)恥辱 チ＿＿＿ 　　　　(i) リョク 　　(ii) ジョク 　　(iii) ニョク

(c)仁義 ＿＿ギ 　　　　　(i) イン 　　　(ii) ジン 　　　(iii) リン

(d)軟化 ＿＿カ 　　　　　(i) ナン 　　　(ii) ラン 　　　(iii) タン

(e)牛乳 ギュウ＿＿＿ 　　(i) ビュウ 　　(ii) ニュウ 　　(iii) リュウ

(f)任意 ＿＿イ 　　　　　(i) ビン 　　　(ii) ニン 　　　(iii) イン

(g)肉類 ＿＿ルイ 　　　　(i) ニク 　　　(ii) リク 　　　(iii) ギク

(h)當然 トウ＿＿＿ 　　　(i) ゼン 　　　(ii) レン 　　　(iii) ベン

(i)柔道 ＿＿ドウ 　　　　(i) リュウ 　　(ii) ビュウ 　　(iii) ジュウ

(j)天然 テン＿＿＿ 　　　(i) ネン 　　　(ii) レン 　　　(iii) テン

(k)容易 ＿＿イ 　　　　　(i) ヨウ 　　　(ii) ノウ 　　　(iii) ゾウ

(l)榮光 ＿＿コウ 　　　　(i) エイ 　　　(ii) デイ 　　　(iii) ゼイ

(m)染色 ＿＿ショク 　　　(i) ネン 　　　(ii) セン 　　　(iii) ゼン

答 (a)(i) ジャク 　　　(b)(ii) ジョク 　　　(c)(ii) ジン

　　(d)(i) ナン 　　　　(e)(ii) ニュウ 　　　(f)(ii) ニン

　　(g)(i) ニク 　　　　(h)(i) ゼン 　　　　(i)(iii) ジュウ

　　(j)(i) ネン 　　　　(k)(i) ヨウ（例外）　(l)(i) エイ（例外）

　　(m)(ii) セン（例外）

(2) 選出適當的漢字填空（亦包括３之對應練習）

トウゼン

(a)借りた物を返すのは當＿＿＿だ 　　　　(i) 妥 　(ii) 該 　(iii) 然

　　借來的東西當然要還

ヨウス　ニョジツ

(b)その時の様子を＿＿＿實に描く 　　　　(i) 正 　(ii) 如 　(iii) 誠

　　眞實地描寫當時的情景

—46—

(c)突＿＿文壇に現われた天才　　　　　(i)變　(ii)發　(iii)然
トツゼンブンダン
突然在文壇上出現的天才

(d)同情と　理解の欠＿＿　　　　　　(i)如　(ii)乏　(iii)慮
ドウジョウ リカイ　ケツジョ
缺乏同情和理解

(e)＿＿意な方法でする　　　　　　　(i)神　(ii)任　(iii)隨
ニンイ
任意做

(f)事實を＿＿色して發表する　　　　(i)配　(ii)添　(iii)潤
ジジツ　ジュンショク　ハッピョウ
把事實加以潤色而發表

(g)＿＿房をつけて下さい　　　　　　(i)暖　(ii)門　(iii)冷
ダン ボウ
請開暖氣

答(a)(iii)然　(b)(ii)如　(c)(iii)然　(d)(i)如　(e)(ii)任　(f)(iii)潤
(g)(i)暖

2・5 總練習（2・1～2・4）

(1)以下爲日語成語及慣用語，請選出所缺讀音，並選出意思相近的中文
成語（或譯文）。

(a)敗布の口を締める　(i)サイ　(ii)アイ　(iii)ライ　1.失敗是成功
　　フ　シ　　　　　　　　　　　　　　　　　　　　　之母

(b)三十六計　　逃げ　(i) タン　　(ii) サン　　(iii) ナン　　2. 貪汚
　　ジュウロッケイ ニ
　　るにしかず　　　　　　　　　　　　　　　　　　　　　　　　　　3. 事實比小說
　　　　　　　　　　　　　　　　　　　　　　　　　　　　　　　　　還離奇

(c)自業自得　　　(i) ジ　　 (ii) イ　　 (iii) ビ　　 4. 面無朱色
　　ゴウジトク

(d)失敗は成功の本　(i) シッ　 (ii) リッ　 (iii) ニッ　 5. 行家看門道
　　パイ セイコウモト　　　　　　　　　　　　　　　　　　　　　　　利巴看熱鬧

(e)事實は小說より　(i) ヒ　　 (ii) ビ　　 (iii) ジ　　 6. 縮緊開支
　　ジツ ショウセツ
　　　　　　　　　　　　　　　　　　　　　　　　　　　　　　　　　7. 司空見慣
　　奇なり
　　キ　　　　　　　　　　　　　　　　　　　　　　　　　　　　　　8. 唯女子與小
　　　　　　　　　　　　　　　　　　　　　　　　　　　　　　　　　　人難養也

(f)山椒は小粒でも　(i) バン　 (ii) サン　 (iii) ハン　 9. 死人不可爭
　　ショウ コツブ　　　　　　　　　　　　　　　　　　　　　　　　　　辯
　　ぴりりと辛い
　　　　　　　　　　　　　　　　　　　　　　　　　　　　　　　　　10. 蒙混
　　　　　　　　カラ
　　　　　　　　　　　　　　　　　　　　　　　　　　　　　　　　　11. 鑽牛角尖

(g)死人に口なし　　(i) ニ　　 (ii) ヒ　　 (iii) シ　　 12. 自作自受
　　ニン クチ
　　　　　　　　　　　　　　　　　　　　　　　　　　　　　　　　　13. 身材雖短小
　　　　　　　　　　　　　　　　　　　　　　　　　　　　　　　　　　但精明強幹

(h)生色を失う　　　(i) エイ　 (ii) セイ　 (iii) ヘイ　 不可輕侮
　　ショク ウシナ
　　　　　　　　　　　　　　　　　　　　　　　　　　　　　　　　　14. 畫蛇添足

(i)私腹をこやす　　(i) チ　　 (ii) シ　　 (iii) ヒ　　 15. 人面獸心
　　フク
　　　　　　　　　　　　　　　　　　　　　　　　　　　　　　　　　16. 三十六計走

(j)重箱の隅を揚じ　(i) ビュウ (ii) ミュウ (iii) ジュウ 爲上策
　　バコ スミ ョウ
　　　　　　　　　　　　　　　　　　　　　　　　　　　　　　　　　17. 沉默是金，
　　でほじくる
　　　　　　　　　　　　　　　　　　　　　　　　　　　　　　　　　　雄辯是銀

(k)十人十色　　　　(i) リュウ (ii) ジュウ (iii) ギュウ 18. 各有千秋
　　ニントイロ
　　　　　　　　　　　　　　　　　　　　　　　　　　　　　　　　　19. 好事要快辦

(l)蛇の道は蛇　　　(i) ビャ　 (ii) ニャ　 (iii) ジャ　 壞事要延遲
　　ミチ ヘビ

(m)蛇足　　　　　　(i) ザ　　 (ii) バ　　 (iii) ダ
　　ソク

(n)女子と小人は養 　(i) ヨ　　 (ii) ジョ　 (iii)ビョ

　　 シ ショウニン ヤシナ

　いがたし

(o)善は急げ，惡は　 (i) ネン　 (ii) エン　 (iii)ゼン

　　 イソ　 アク

　延べよ

　ノ

(p)茶を濁す　　　　 (i) ヒャ　 (ii) リャ　 (iii)チャ

　　 ニゴ

(q)沉默は金，雄弁　 (i) ビン　 (ii) チン　 (iii)ニン

　　 モク キン ユウベン

　は銀

　　 ギン

(r)人間の皮をかぶ　 (i) ヒン　 (ii) ミン　 (iii)ニン

　　 ゲン カワ

　る

(s)日常茶飯事　　　 (i) ニチ　 (ii) リチ　 (iii)イチ

　　 ジョウサハンジ

答(a) (i) サイ　 6.　 (b) (ii) サン　 16.　 (c) (i) ジ　 12.

　(d) (i) シッ　 1.　 (e) (iii) ジ　 3.　 (f) (ii) サン　 13.

　(g) (iii) シ　 9.　 (h) (ii) セイ　 4.　 (i) (ii) シ　 2.

　(j) (iii) ジュウ 11.　 (k) (ii) ジュウ 18.　 (1) (iii) ジャ　 5.

　(m) (iii) ダ　 14.　 (n) (ii) ジョ　 8.　 (o) (iii) ゼン　 19.

　(p) (iii) チャ 10.　 (q) (ii) チン　 17.　 (r) (iii) ニン 15.

　(s) (i) ニチ　 7.

(2)以下爲日本地名，說出畫線的部份爲音讀或訓讀（無例外字）。

　(a)四谷區（東京）

　　 ヨツヤク

(b)銀座（東京）

　　ギンザ

(c)新宿（東京）

　　シンジュク

(d)上野市（東京）

　　ウエノシ

(e)日光市（栃木）

　　ニッコウシ

(f)三鷹市（東京）

　　ミタカシ

(g)成田市（千葉）

　　ナリタシ

(h)倉敷市（岡山）

　　クラシキシ

(i)九州

　　キュウシュウ

(j)松江市（島根）

　　マツエシ

(k)東山（京都）

　　ヒガシヤマ

(l)貝塚市（大阪）

　　カイヅカシ

答(a)訓　(b)音　(c)音　(d)訓　(e)音　(f)訓　(g)訓　(h)訓　(i)音　(j)訓
　(k)訓　(l)音

【附註】

(1)華語ㄗㄘ來自古代中國話精系與知系，來自精系的占大多數，而在日語
　這些全變爲サ行或ザ行，來自知系的爲極少數，知系在日語全變爲タ行
　或ダ行（大部份的知系變爲華語ㄓ或ㄔ，由於其數少，在這裏當例外看，

—50—

至於ダ行的ヂ與ヅ寫成ザ行的ジ與ズ的為了方便歸於ザ行。

(2)「茶」有サ、チャ兩種讀法。其實チャ為慣用語，因此當例外。

(3)華語有ㄓㄔ聲母之漢字來自古代中國話知系、莊系與章系，知系在日語全變為タ行或ダ行，莊、章兩系則變為サ行或ザ行，因為ダ行的ヂ與ヅ寫成ザ行的ジ與ズ，為了方便歸於ザ行（除了有清濁兩種讀音的，如「治」チ／ジ）。

3. ㄐㄑㄒ《ㄎㄏφ

3·1 ㄐㄑㄒ

A語料

日語（華譯）	日語音讀	華語讀音
(1)反濟（還）	ヘンサイ	ㄈㄢˇ ㄐㄧ
際限（盡頭）	サイゲン	ㄐㄧˋ ㄒㄧㄢ
疾患（疾病）	シッカン	ㄐㄧˊ ㄏㄨㄢˋ
斜視（斜視／斜眼）	シャシ	ㄒㄧㄝˊ ㄕˋ
借家（租房）	シャクヤ	ㄐㄧㄝˋ ㄐㄧㄚ
洋酒	ヨウシュ	ㄧㄤˊ ㄐㄧㄡˇ
修行（托缽／巡禮）	シュギョウ	ㄒㄧㄡ ㄒㄧㄥˊ
囚人（囚犯）	シュウジン	ㄑㄧㄡˊ ㄖㄣˊ
襲名（繼承藝名）	シュウメイ	ㄒㄧˊ ㄇㄧㄥˊ
相性（緣份）	アイショウ	ㄒㄧㄤˋ ㄒㄧㄥˋ
師匠（老師（藝術的））	シショウ	ㄕ ㄐㄧㄤˋ
百姓（農民）	ヒャクショウ	ㄅㄞˇ ㄒㄧㄥˋ
由緒（由來）	ユイショ	ㄧㄡˊ ㄒㄩˋ
不精（懶）	ブショウ	ㄅㄨˋ ㄐㄧㄥ
天井（天花板）	テンジョウ　　註④	ㄊㄧㄢ ㄐㄧㄥˇ
感心（佩服）	カンシン	ㄍㄢˇ ㄒㄧㄣ
進級（升級）	シンキュウ	ㄐㄧㄣˋ ㄐㄧˊ
興味津津（趣味津津）	キョウミシンシン	ㄒㄧㄥˋ ㄨㄟˋ ㄐㄧㄣ ㄐㄧㄣ
快晴（十分晴朗）	カイセイ	ㄎㄨㄞˋ ㄑㄧㄥˊ
親臨（親臨／駕臨）	シンリン	ㄑㄧㄣ ㄌㄧㄣˊ
席上（會上）	セキジョウ	ㄒㄧˊ ㄕㄤˋ
錢湯（公共澡堂）	セントウ	ㄑㄧㄢˊ ㄊㄤ
先方（對方）	センボウ	ㄒㄧㄢ ㄈㄤ
線路（軌道）	センロ	ㄒㄧㄢˋ ㄌㄨˋ

日語	讀音	注音	
東西（東西（指方向））	トウザイ	ㄉㄨㄥ	ㄒㄧ
(2) 錠劑（藥片）	ジョウザイ	ㄉㄧㄥˋ	ㄐㄧˋ
邪惡	ジャアク	ㄒㄧㄝˊ	ㄜˋ
需給（需求和供給）	ジュキュウ	ㄒㄩ	ㄐㄧˇ
淨化	ジョウカ	ㄐㄧㄥˋ	ㄏㄨㄚˋ
(3) 對象	タイショウ	ㄉㄨㄟˋ	ㄒㄧㄤˋ
象牙	ゾウゲ	ㄒㄧㄤˋ	ㄧㄚˊ
靜肅（肅靜）	セイジャク	ㄐㄧㄥˋ	ㄙㄨˋ
靜脈	ジョウミャク	ㄐㄧㄥˋ	ㄇㄞˋ
寂涼	セキリョウ	ㄐㄧˊ	ㄌㄧㄤˊ
靜寂（寂靜）	セイジャク	ㄐㄧㄥˋ	ㄐㄧˊ
(4) 追加（補加）	ツイカ	ㄓㄨㄟ	ㄐㄧㄚ
假面（假面具）	カメン	ㄐㄧㄚˇ	ㄇㄧㄢˋ
假病	ケビョウ	ㄐㄧㄚˇ	ㄅㄧㄥˋ
稼業（農業）	カギョウ	ㄐㄧㄚˋ	ㄧㄝˋ
餘暇（業餘時間）	ヨカ	ㄩˊ	ㄒㄧㄚˊ
皆勤（全勤）	カイキン	ㄐㄧㄝ	ㄑㄧㄣˊ
機上（卓上）	キジョウ	ㄐㄧ	ㄕㄤ
講義（講解）	コウギ	ㄐㄧㄤˇ	ㄧˋ
汽車（火車）	キシャ	ㄑㄧˋ	ㄔㄜ
滿喫（飽嘗）	マンキツ	ㄇㄢˇ	ㄔ
定休（定期休假）	テイキュウ	ㄉㄧㄥˋ	ㄒㄧㄡ
及第（及格）	キュウダイ	ㄐㄧˊ	ㄉㄧˋ
特許（專利）	トッキョ	ㄊㄜˋ	ㄒㄩˇ
上京（到東京去）	ジョウキョウ	ㄕㄤˋ	ㄐㄧㄥ
度胸（膽量）	ドキョウ	ㄉㄨˋ	ㄒㄩㄥ
近所（附近）	キンジョ	ㄐㄧㄣˋ	ㄙㄨㄛˇ
氣配（情形／情勢）	ケハイ	ㄑㄧˋ	ㄆㄟˋ
元氣（精神）	ゲンキ	ㄩㄢˊ	ㄑㄧˋ
中繼（轉播）	チュウケイ	ㄓㄨㄥ	ㄐㄧˋ

漢字（中文註）	読み	注音
家來（臣下／僕人）	ケライ	ㄐㄧㄚ ㄌㄞˊ
家族（家人）	カゾク	ㄐㄧㄚ ㄗㄨˊ
競馬（賽馬）	ケイバ	ㄐㄧㄥˋ ㄇㄚˇ
旅券（護照）	リョケン	ㄌㄩˇ ㄐㄩㄢˋ
間隔	カンカク	ㄐㄧㄢ ㄍㄜˊ
一軒	イッケン	ㄧˋ ㄒㄩㄢ
金貨（金幣）	キンカ	ㄐㄧㄣ ㄏㄨㄛˋ
絞首刑（絞刑）	コウシュケイ	ㄐㄧㄠˇ ㄕㄡˇ ㄒㄧㄥˊ
兄弟（兄弟（姉妹））	キョウダイ	ㄒㄩㄥ ㄉㄧˋ
父兄（家長）	フケイ	ㄈㄨˋ ㄒㄩㄥ
(5) 特技	トクギ	ㄊㄜˋ ㄐㄧˋ
道具（工具）	ドウグ	ㄉㄠˋ ㄐㄩˋ
極上（極好）	ゴクジョウ	ㄐㄧˊ ㄕㄤ
玄米（造米）	ゲンマイ	ㄒㄩㄢˊ ㄇㄧˇ
強情（頑固）	ゴウジョウ	ㄑㄧㄤˊ ㄑㄧㄥˊ
(6) 形態	ケイタイ	ㄒㄧㄥˊ ㄊㄞˋ
人形（洋娃娃）	ニンギョウ	ㄖㄣˊ ㄒㄧㄥˊ
下流	カリュウ	ㄒㄧㄚˋ ㄌㄧㄡˊ
下水（下水道）	ゲスイ	ㄒㄧㄚˋ ㄕㄨㄟˇ
夏季	カキ	ㄒㄧㄚˋ ㄐㄧˋ
夏至	ゲシ	ㄒㄧㄚˋ ㄓˋ
街道	カイドウ	ㄐㄧㄝ ㄉㄠˋ
街頭	ガイトウ	ㄐㄧㄝ ㄊㄡˊ
期間	キカン	ㄑㄧˊ ㄐㄧㄢ
最期（最後）	サイゴ	ㄗㄨㄟˋ ㄑㄧˊ
權利	ケンリ	ㄑㄩㄢˊ ㄌㄧˋ
權化（化身，肉體化）	ゴンゲ	ㄑㄩㄢˊ ㄏㄨㄚˋ
嫌惡	ケンオ	ㄒㄧㄢˊ ㄜˋ
機嫌（情緒）	キゲン	ㄐㄧ ㄒㄧㄢˊ

(7)牧畜（畜牧）	ボクチク	ㄇㄨˋ　ㄒㄩˋ
貯蓄	チョチク	ㄔㄨˇ　ㄒㄩˋ
情緒	ジョウチョ	ㄑㄧㄥˊ　ㄒㄩˋ
行脚（巡遊）	アンギャ	ㄒㄧㄥˊ　ㄐㄧㄠˇ

B 規律

以上語例皆含有華語聲母爲ㄐ、ㄑ或ㄒ之音。它們的日語對應 サ行(1)、ザ行(2)、サ／ザ行(3)、カ行(4)、ガ行(5)或カ／ガ行(6)。利用聲調與清濁對應關係（請看概論 6 ）可以導出下列規律。

華　　語		日　語	語　例
ㄐ（j）	一、三聲	サ（s）行	修業
		カ（k）行	追加
ㄑ（q） ㄒ（x）	二、四聲	サ（s）行	疾患
		カ（k）行	假面
		ザ（z）行	邪惡
		ガ（g）行	特技
		サ（s）／ザ（z）行	對象／象牙
		カ（k）／ガ（g）行	形態／人形

註⑤

(7)爲例外讀音。

C 練習

(1)寫出所缺讀音

(a)斜面　＿＿メン　　(i) シャ　　(ii) ヒャ　　(iii) リャ

(b)照會　＿＿カイ　　(i) ニョウ　(ii) リョウ　(iii) ショウ

(c)錢湯　＿＿＿トウ　(i) セン　　(ii) レン　　(iii) ラン

(d)嫌惡　＿＿オ　　　(i) テン　　(ii) ヘン　　(iii) ケン

(e)淨化　＿＿カ　　　(i) ニョウ　(ii) チョウ　(iii) ジョウ

(f)定休　テイ＿＿＿　(i) キュウ　(ii) ニュウ　(iii) ヒュウ

(g)假病 ___ビョウ　　(i) ケ　　　　(ii) ラ　　　　(iii)デ

(h)度胸 ド____　　　(i) ジョウ　　(ii) ギョウ　　(iii)キョウ

(i)極上 ___ジョウ　　(i) ゴク　　　(ii) トク　　　(iii)ドク

(j)牧畜 ボク____　　(i) シク　　　(ii) キク　　　(iii)チク

(k)情緒 ジョウ____　(i) チョ　　　(ii) ショ　　　(iii)ジョ

(l)貯蓄 チョ____　　(i) キク　　　(ii) シク　　　(iii)チク

答(a) (i) シャ　　　　　(b) (iii)ショウ　　　　(c) (i) セン

　　(d) (iii)ケン　　　　(e) (iii)ジョウ　　　　(f) (i) キュウ

　　(g) (i) ケ　　　　　(h) (iii)キョウ　　　　(i) (i) ゴク

　　(j) (iii)チク （例外）　(k) (i) チョ （例外）　(l) (iii)チク （例外）

(2)選出適當的漢字填空

　　　　　フウフ　アイショウ

(a)めの 夫婦は相___が 悪い　　　　　(i) 性　　(ii) 配　　(iii)調

　　那個夫妻不投緣

　　　　　　フデブショウ

(b)私は 筆不____だ　　　　　　　　(i) 動　　(ii) 精　　(iii)敏

　　我懶於執筆

　　　センボウ　イシ　ソンチョウ

(c)___先の意思を尊重する　　　　　(i) 先　　(ii) 天　　(iii)殿

　　尊重對方的意見

　　　ヨカ　　　リョウ

(d)餘____を利用する　　　　　　　(i) 暇　　(ii) 時　　(iii)多

　　利用餘暇

　　　　オトコ　　　ドキョウ
(e)男は度＿＿＿＿　　　　　　　　　　(i) 胸　(ii)膽　(iii)大
　　男人要有膽量

　　　　　シ　　　　ゴウジョウ ハ
(f)知らぬと＿＿＿情を張る　　　　　　(i) 強　(ii) 交　(iii)感
　　頑固地說不知道

　　　　キゲン　　　ト
(g)機＿＿＿を取るのがうまい　　　　　(i) 嫌　(ii) 討　(iii)軟
　　很會討好人

　　答(a)(i) 性　(b) (ii) 精　(c) (i) 先　(d) (i) 暇　(e) (i) 胸　(f) (i) 強
　　　(g) (i) 嫌

3‧2《ㄎㄏ

　　Ａ語料

日語（華譯）	日語音讀	華語讀音
(1)可決（通過）	カケツ	ㄎㄜˇ　ㄐㄩㄝˊ
教科（科目）	キョウカ	ㄐㄧㄠˋ　ㄎㄜ
出荷（裝出貨物）	シュッカ	ㄔㄨ　ㄏㄜˋ
外貨（外幣）	ガイカ	ㄨㄞˋ　ㄏㄨㄛˋ
日課（每天應做的事）	ニッカ	ㄖˋ　ㄎㄜˋ
菓子（糖菓）	カシ	ㄍㄨㄛˇ　ㄗ
誘拐（拐騙）	ユウカイ	ㄧㄡˋ　ㄍㄨㄞˇ
壞滅（毀滅）	カイメツ	ㄏㄨㄞˋ　ㄇㄧㄝˋ
各般（各種）	カクハン	ㄍㄜˋ　ㄅㄢ
獲得	カクトク	ㄏㄨㄛˋ　ㄉㄜˊ
割腹（剖腹）	カップク	ㄍㄜ　ㄈㄨˋ
圓滑	エンカツ	ㄩㄢˊ　ㄏㄨㄚˊ

乾害（旱災）	カンガイ	ㄍㄢ ㄏㄞˋ
發刊	ハッカン	ㄈㄚ ㄎㄢ
看護婦（護士）	カンゴフ	ㄎㄢˋ ㄏㄨˋ ㄈㄨˋ
歡迎	カンゲイ	ㄏㄨㄢ ㄧㄥˊ
勘弁（饒恕）	カンベン	ㄎㄢ ㄅㄧㄢˋ
勘當（斷絕父子關係）	カンドウ	ㄎㄢ ㄉㄤ
堪忍（容忍）	カンニン	ㄎㄢ ㄖㄣˇ
遺憾	イカン	ㄧˊ ㄏㄢˋ
鬼才（奇才）	キサイ	ㄍㄨㄟˇ ㄘㄞˊ
客演（客串）	キャクエン	ㄎㄜˋ ㄧㄢˇ
口調（語調）	クチョウ	ㄎㄡˇ ㄉㄧㄠˋ
工面（張羅（錢））	クメン	ㄍㄨㄥ ㄇㄧㄢˋ
細工（精巧物的織品）	サイク	ㄒㄧˋ ㄍㄨㄥ
點呼（點名）	テンコ	ㄉㄧㄢˇ ㄏㄨ
故鄉	コキョウ	ㄍㄨˋ ㄒㄧㄤ
孤獨	コドク	ㄍㄨ ㄉㄨˊ
好物（愛吃的東西）	コウブツ	ㄏㄠˇ ㄨˋ
告示（佈告）	コクジ	ㄍㄠˋ ㄕˋ
根氣（耐性）	コンキ	ㄍㄣ ㄑㄧˋ
會合（聚會）	カイゴウ	ㄏㄨㄟˋ ㄏㄜˊ
皇室（皇家）	コウシツ	ㄏㄨㄤˊ ㄕˋ
魂膽（計謀／內幕）	コンタン	ㄏㄨㄣˊ ㄉㄢˇ
回復（恢復）	カイフク	ㄏㄨㄟˊ ㄈㄨˋ
(2)年賀狀（賀年卡）	ネンガジョウ	ㄋㄧㄢˊ ㄏㄜˋ ㄓㄨㄤˋ
合計	ゴウケイ	ㄏㄜˊ ㄐㄧˋ
護衛（警衛）	ゴエイ	ㄏㄨˋ ㄨㄟˋ
互角（不相上下）	ゴカク	ㄏㄨˋ ㄐㄧㄠˇ
番號（號碼）	バンゴウ	ㄈㄢ ㄏㄠˋ
被害	ヒガイ	ㄅㄟˋ ㄏㄞˋ

憤慨	フンガイ	ㄈㄣˋ	ㄎㄞˋ
(3) 計<u>畫</u>	ケイ<u>カク</u>	ㄐㄧˋ	ㄏㄨㄚˋ
<u>畫</u>家	<u>ガ</u>カ	ㄏㄨㄚˋ	ㄐㄧㄚ
<u>後</u>退	<u>コ</u>ウタイ	ㄏㄡˋ	ㄊㄨㄟˋ
午<u>後</u>	ゴ<u>ゴ</u>	ㄨˇ	ㄏㄡˋ
(4)<u>和</u>風（日本式）	<u>ワ</u>フウ	ㄏㄜˊ	ㄈㄥ
<u>和</u>尚	<u>オ</u>ショウ	ㄏㄜˊ	ㄕㄤˋ
<u>横</u>斷（過／横斷）	<u>オ</u>ウダン	ㄏㄥˊ	ㄉㄨㄢˋ
<u>話</u>題	<u>ワ</u>ダイ	ㄏㄨㄚˋ	ㄊㄧˊ
<u>賄</u>賂	<u>ワ</u>イロ	ㄏㄨㄟˋ	ㄌㄨㄛˋ
<u>回</u>向（（爲死者）祈冥福）	<u>エ</u>コウ	ㄏㄨㄟˊ	ㄒㄧㄤˋ
<u>會</u>釋（點頭行禮）	<u>エ</u>シャク	ㄏㄨㄟˋ	ㄕˋ
知<u>惠</u>	チ<u>エ</u>	ㄓ	ㄏㄨㄟˋ
法<u>皇</u>（教皇）	ホウ<u>オウ</u>	ㄈㄚˇ	ㄏㄨㄤˊ
卵<u>黃</u>（蛋黃）	ラン<u>オウ</u>	ㄌㄨㄢˇ	ㄏㄨㄤˊ
誘<u>惑</u>	ユウ<u>ワク</u>	ㄧㄡˋ	ㄏㄨㄛˋ
消<u>耗</u>	ショウ<u>モウ</u>	ㄒㄧㄠ	ㄏㄠˋ

B 規律

以上爲語例中含有華語聲母爲ㄍ、ㄎ或ㄏ之漢字。它們的日語對應則爲カ行(1)、ガ行(2)或カ／ガ行(3)。利用聲調與淸濁對應關係（請看概論6）可以導出以下規律。

華　　　語		日　　語	語　　例
ㄍ（g） ㄎ（k） ㄏ（h）	一、三聲	カ（k）行	根氣
	二、四聲	カ（k）行	空間
		ガ（g）行	互角
		カ（k）/ガ（g）行	計畫／畫家

(4)爲例外讀音。註⑥

C 練習

(1) 選出所缺讀音

(a) 誘拐 ユウ＿＿＿   (i) カイ   (ii) ハイ   (iii) ライ

(b) 勘當 ＿＿＿ドウ   (i) ハン   (ii) カン   (iii) サン

(c) 好意 ＿＿＿イ   (i) ホウ   (ii) ロウ   (iii) コウ

(d) 合計 ＿＿＿ケイ   (i) ゴウ   (ii) モウ   (iii) ソウ

(e) 番號 バン＿＿＿   (i) ホウ   (ii) ゾウ   (iii) ゴウ

(f) 後悔 ＿＿＿カイ   (i) ゾウ   (ii) ホウ   (iii) コウ

(g) 和尚 ＿＿＿ショウ   (i) オ   (ii) コ   (iii) ゴ

(h) 知惠 チ＿＿＿   (i) ケ   (ii) ヘ   (iii) エ

(i) 卵黃 ラン＿＿＿   (i) ゴウ   (ii) オウ   (iii) コウ

(j) 黃葉 ＿＿＿ヨウ   (i) オウ   (ii) コウ   (iii) ボウ

(k) 各自 ＿＿＿ジ   (i) カク   (ii) サク   (iii) ナク

(l) 畫家 ＿＿＿カ   (i) ハ   (ii) バ   (iii) ガ

答 (a) (i) カイ   (b) (ii) カン   (c) (iii) コウ

     (d) (i) ゴウ   (e) (iii) ゴウ   (f) (iii) コウ

     (g) (i) オ （例外）   (h) (iii) エ （例外）   (i) (ii) オウ （例外）

     (j) (ii) コウ   (k) (i) カク   (l) (iii) ガ

(2) 選出適當的漢字塡空

       フウフ   カンショウ

(a) 夫婦げんかには＿＿＿渉するな   (i) 干   (ii) 外   (iii) 延

     夫婦吵架不要干涉

         カンベン

(b) もう＿＿＿弁できない   (i) 論   (ii) 勘   (iii) 償

     不能原諒了

<u>コン</u>　<u>キ</u>　　<u>ハタラ</u>
(c)＿＿氣よく働く　　　　　　　　　　(i) 生　(ii) 元　(iii)根
堅忍地工作

<u>ジショク</u>　　　<u>コンタン</u>
(d)彼の辭職には何か＿＿膽がある・　　(i) 落　(ii) 魂　(iii)存
他的辭職一定有什麼內幕

<u>ゴカク</u>　<u>ショウブ</u>
(e)＿＿角の勝負　　　　　　　　　　　(i) 四　(ii) 互　(iii)補
不分勝負

<u>ク</u>　<u>メン</u>
(f)金の＿＿面がつかない　　　　　　　(i) 工　(ii) 顔　(iii)圖
張羅不到錢

<u>エンリョ</u><u>エシャク</u>
(g)遠慮＿＿釋もない　　　　　　　　　(i) 會　(ii) 敬　(iii)懷
毫無客氣

答(a)(i) 干　(b)(ii) 勘　(c)(iii)根　(d)(ii) 魂　(e)(ii) 互　(f)(i) 工
(g)(i) 會

3・3 φ

A語料

日語（華譯）	日語音讀	華語讀音	
(1)漁業	ギョギョウ	ㄩˊ	一ㄝˋ
仰天（非常吃驚）	ギョウテン	一ㄤˇ	ㄊ一ㄢ
元日（元旦）	ガンジツ	ㄩㄢˊ	ㄖˋ
我流（自成一派）	ガリュウ	ㄨㄛˇ	ㄌ一ㄡˊ

額緣（畫框）	ガクブチ	さˊ	ㄩㄢˊ
正月	ショウガツ	ㄓㄥˋ	ㄩㄝˋ
月曜（星期一）	ゲツヨウ	ㄩㄝˋ	一ㄠˋ
主眼（主要之點）	シュガン	ㄓㄨˇ	一ㄢˇ
童顏	ドウガン	ㄊㄨㄥˊ	一ㄢˊ
容疑（嫌疑）	ヨウギ	ㄖㄨㄥˊ	一ˊ
偽名（假名）	ギメイ	ㄨㄟˋ	ㄇ一ㄥˊ
午前（上午）	ゴゼン	ㄨˇ	ㄑ一ㄢˊ
吳服（衣料總稱）	ゴフク	ㄨˊ	ㄈㄨˊ
御者（馭者）	ギョシャ	ㄩˋ	ㄓㄜˇ
御飯（飯）	ゴハン	ㄩˋ	ㄈㄢˋ
(2)愛讀（（書）受歡迎）	アイドク	ㄞˋ	ㄉㄨˊ
惡事（惡行）	アクジ	ㄜˋ	ㄕˋ
案內（嚮導／介紹）	アンナイ	ㄢˋ	ㄋㄟˋ
意味（意思）	イミ	一ˋ	ㄨㄟˋ
相違（相差）	ソウイ	ㄒ一ㄤ	ㄨㄟˊ
慰安（安慰）	イアン	ㄨㄟˋ	ㄢ
福音	フクイン	ㄈㄨˊ	一ㄣ
音樂	オンガク	一ㄣ	ㄩㄝˋ
滿員（客滿）	マンイン	ㄇㄢˇ	ㄩㄢˊ
陰氣（陰鬱）	インキ	一ㄣ	ㄑ一ˋ
映畫（電影）	エイガ	一ㄥˋ	ㄏㄨㄚˋ
易者（卜者）	エキシャ	一ˋ	ㄓㄜˇ
驛長（站長）	エキチョウ	一ˋ	ㄓㄤˇ
應援（援助／聲援）	オウエン	一ㄥ	ㄩㄢˊ
煙突（煙筒）	エントツ	一ㄢ	ㄊㄨˊ
緣日（廟會）	エンニチ	ㄩㄢˊ	ㄖˋ
(3)忘我（出神／不知有己）	ボウガ	ㄨㄤˋ	ㄨㄛˇ
侮辱	ブジョク	ㄨˇ	ㄖㄨˋ
(4)未亡人（寡婦）	ミボウジン	ㄨㄟˋ	ㄨㄤˊ ㄖㄣˊ

味方（我方）	ミカタ	ㄨㄟˇ ㄈㄤ
問題	モンダイ	ㄨㄣˋ ㄊㄧˊ
事務所（辦公室）	ジムショ	ㄕˋ ㄨˋ ㄙㄨㄛˇ
(5) ⎰萬引（扒手）	マンビキ	ㄨㄢˋ ㄧㄣˇ
⎱萬國	バンコク	ㄨㄢˋ ㄍㄨㄛˊ
⎰武道（武藝）	ブドウ	ㄨˇ ㄉㄠˋ
⎱武者（武士／戰士）	ムシャ	ㄨˇ ㄓㄜˇ
⎰無事（平安）	ブジ	ㄨˇ ㄕˋ
⎱無口（寡言）	ムクチ	ㄨˊ ㄎㄡˇ
⎰物色	ブッショク	ㄨˋ ㄙㄜˋ
⎱食物	ショクモツ	ㄕˊ ㄨˋ
⎰文房具（文具）	ブンボウグ	ㄨㄣˊ ㄈㄤˊ ㄐㄩˋ
⎱文字	モジ	ㄨㄣˊ ㄗˋ
⎰妄言	ボウゲン	ㄨㄤˋ ㄧㄢˊ
⎱妄信	モウシン	ㄨㄤˋ ㄒㄧㄣˋ
(6) 二番目（第二）	ニバンメ	ㄦˋ ㄈㄢ ㄇㄨˋ
⎰耳鼻科	ジビカ	ㄦˇ ㄅㄧˊ ㄎㄜ
⎱小兒科	ショウニカ	ㄒㄧㄠˇ ㄦˊ ㄎㄜ
兒童	ジドウ	ㄦˊ ㄊㄨㄥˊ
漁師	リョウシ	ㄩˊ ㄕ
渦中（漩渦之中）	カチュウ	ㄨㄛ ㄓㄨㄥ
硬貨（硬幣）	コウカ	ㄧㄥˋ ㄏㄨㄛˋ
信仰	シンコウ	ㄒㄧㄣˋ ㄧㄤˇ
危機	キキ	ㄨㄟˊ ㄐㄧ

B 規律

　　以上語例含有華語聲母爲 φ 之漢字。它們的日語對應爲ガ行⑴、アヤワ行⑵、バ行⑶、マ行⑷、バ／マ行⑸，以下爲對應規律。

華　語	日　語	語　例
φ（φ）	ガ（g）行	元日
	アヤワ（φ）行	分野
	バ（b）行	尾行
	マ（m）行	味覺
	バ（b）/マ（m）行	萬國／萬一

(6)爲例外讀音。註⑦

　　華語ㄇ對應日語マ行和バ行（請看1・2B），請特別注意。

C 練習

(1)選出所缺讀音

(a)味<u>覺</u>　＿＿カク　　(i) ミ　　(ii) ニ　　(iii) リ

(b)<u>無</u>事　＿＿ジ　　(i) フ　　(ii) ブ　　(iii) ズ

(c)<u>二番</u>目＿＿バンメ　　(i) ギ　　(ii) ミ　　(iii) ニ

(d)<u>漁</u>師　＿＿シ　　(i) ジョウ　　(ii) リョウ　　(iii) ニョウ

(e)信<u>仰</u>　シン＿＿　　(i) ゴウ　　(ii) ロウ　　(iii) コウ

(f)<u>元</u>日　＿＿ジツ　　(i) ラン　　(ii) ガン　　(iii) ナン

(g)<u>惡</u>事＿＿ジ　　(i) アク　　(ii) ラク　　(iii) ダク

(h)<u>映</u>畫＿＿ガ　　(i) ゼイ　　(ii) レイ　　(iii) エイ

(i)今<u>晚</u>　コン＿＿　　(i) バン　　(ii) ダン　　(iii) カン

(j)<u>兒</u>童　＿＿ドウ　　(i) キ　　(ii) リ　　(iii) ジ

(k)<u>微</u>細　＿＿サイ　　(i) リ　　(ii) ビ　　(iii) ヒ

(l)<u>用</u>意＿＿イ　　(i) ノウ　　(ii) ヨウ　　(iii) ホウ

(m)事<u>務</u>　ジ＿＿　　(i) ク　　(ii) ズ　　(iii) ム

　　答(a) (i) ミ　　　　(b) (ii) ブ　　　　(c) (iii) ニ　（例外）

　　　(d) (ii) リョウ（例外）　(e) (iii) コウ（例外）　(f) (ii) ガン

　　　(g) (i) アク　　　　(h) (iii) エイ　　　　(i) (i) バン

　　　(j) (iii) ジ　（例外）　(k) (ii) ビ　　　　(l) (ii) ヨウ

(m) (iii) ム

(2)選出適當的漢字填空（包括 ㄇ(m) → マ(m)/バ(b) 行之練習）

サツジン ヨウ ギ
(a)殺人の＿＿疑を受ける   (i) 懷   (ii) 容   (iii)嫌
受到殺人的嫌疑

ア ク ジ ハタラ
(b)＿＿事を働く   (i) 家   (ii) 惡   (iii)作
做 壞事

コウエン アンナイ
(c)公園の中を＿＿內する   (i) 觀   (ii) 參   (iii)案
陪同參觀公園

オウライ
(d)にぎやかな＿＿來   (i) 往   (ii) 行   (iii)道
熱鬧的大街

ムボウ ケイリャク
(e)無＿＿な計略   (i) 謀   (ii) 思   (iii)慮
欠斟酌的計畫

ユウメイ メイ ガラ
(f)有名な＿＿柄の酒は誰にでも喜ばれる   (i) 牌   (ii) 権   (iii)銘
名牌的酒受大家歡迎

ヤクソク
(g)晝飯を食う＿＿束をする   (i) 約   (ii) 會   (iii)練
訂吃中飯的約會

リョコウヨウイ
(h)旅行の＿＿意をする　　　　　　　　（ i ）準　（ ii ）用　（ iii ）行
作旅行的準備

　　　ブ　ジ　タビ　　カエ
(i)＿＿事に旅から帰る　　　　　　　　（ i ）早　（ ii ）全　（ iii ）無
平安地旅行回來

答(a)(ii)容　(b)(ii)惡　(c)(iii)案　(d)(i)往　(e)(i)謀　(f)(iii)銘
(g)(i)約　(h)(ii)用　(i)(iii)無

3・4 ㄐ(j)、ㄑ(q)、ㄒ(x)、ㄍ(g)、ㄎ(k)、ㄏ(h)、φ(φ)之對應練習

(1)以下爲日語成語及慣用語，選出所缺聲母以及與日語意思相近的中文

(a)惡態をつく　　　（ i ）タク　（ ii ）ザク　（ iii ）アク　　1.混水摸魚
　　　　＿＿タイ　　　　　　　　　　　　　　　　　　　2.謹小愼微

(b)醫者の不養生　　（ i ）シ　（ ii ）イ　（ iii ）キ　　　　3.千鈞一髮
　　＿＿シャ フョウジョウ　　　　　　　　　　　　　　4.自受累

(c)一年の計は元旦　（ i ）ガン　（ ii ）カン　（ iii ）ナン　5.口出不遜
　　　　ケイ＿タン　　　　　　　　　　　　　　　　　6.九死一生
　　にあり　　　　　　　　　　　　　　　　　　　　　7.言行不一

(d)因縁をつける　　（ i ）キン　（ ii ）イン　（ iii ）ニン　8.苦盡甘受
　　＿＿ネン　　　　　　　　　　　　　　　　　　　　9.怕起來了

(e)火事場泥棒　　　（ i ）ナ　（ ii ）カ　（ iii ）サ　　　10.甘受淸貪
　　＿＿ジバドロボウ　　　　　　　　　　　　　　　　11.一年之計在

(f)危機一發　　　　（ i ）キ　（ ii ）ギ　（ iii ）ミ　　　　於春
　　＿＿キイッパツ　　　　　　　　　　　　　　　　　12.加倍可怕

(g)氣違いに刄物　　（ i ）ビ　（ ii ）チ　（ iii ）キ　　　13.無事生非
　　＿＿チガ　ハモノ　　　　　　　　　　　　　　　14.不入虎穴，

(h)苦があれば樂あり（ i ）ク　（ ii ）グ　（ iii ）ッ　　　　焉得虎子
　　＿＿　　ラク

(i)<u>虎</u>穴に入らずん　　(i) コ　　　(ii) モ　　　(iii) ト
　　—ケツ イ

　　ば<u>虎</u>兒を得ず
　　　—ジ

(j)<u>萬</u>死に一<u>生</u>を得る (i) バン　　(ii) ラン　　(iii) ハン
　　—シ　イッショウエ

(k)<u>武</u>士は食わねど　　(i) ル　　　(ii) ブ　　　(iii) ヅ
　　—シ ク

　　高揚枝
　　タカヨウジ

(l)<u>無</u>駄骨を拆る　　　(i) ヅ　　　(ii) ル　　　(iii) ム
　　—ダボネ オ

(m)<u>用</u>心する　　　　　(i) スウ　　(ii) ツウ　　(iii) ヨ ウ
　　—ジン

(n)<u>臆</u>病風に吹かれる (i) トク　　(ii) ホク　　(iii) オク
　　—ビョウカゼ

答(a) (iii)アク　5.　(b) (ii) イ　7.　(c) (i) ガン 11.　(d) (ii) イン 13.
　(e) (ii) カ　1.　(f) (i) キ　3.　(g) (iii)キ　12.　(h) (i) ク　8.
　(i) (i) コ　14.　(j) (i) バン 6.　(k) (ii) ブ　10.　(l) (iii)ム　4.
　(m) (iii)ヨウ 2.　(n) (iii)オク 9.

(2)以下爲日本地名，說出畫線的部份的讀音爲<u>訓讀</u>或<u>音讀</u>（無例外字）。

(a)<u>宇治</u>（京都）
　　ウジ

(b)<u>伊丹</u>（大阪）
　　イタミ

(c)<u>羽田</u>空港（東京）
　　ハネダクウコウ

—68—

(d)和歌山縣

　　ワカヤマケン

(e)石卷市（宮城）

　　イシノマキシ

(f)御殿場市（靜岡）

　　ゴテンバシ

(g)櫻島（九州）

　　サクラジマ

(h)一宮市（愛知）

　　イチノミヤシ

(i)九州

　　キュウシュウ

(j)大月市（山梨）

　　オオツキシ

(k)愛姬縣

　　エヒメケン

(l)滋賀縣

　　シガケン

(m)白根山（靜岡、長野）

　　シラネサン

答(a)音　(b)音　(c)訓　(d)音　(e)訓　(f)音　(g)訓　(h)音　(i)音　(j)訓
　(k)訓　(l)音　(m)訓

【 附註 】

④ショウ在這兒受連濁變化的影響變成ジョウ，請看4・1。

⑤華語ㄐ、ㄑ、ㄒ對應日語サ、ザ與カ、ガ行。這是因爲ㄐ、ㄑ、ㄒ來自
　古代中國話精系與見系，在日語，精系的漢字變成サ與ザ行，見系的則
　變成カ與ガ行。

⑥(4)中漢字對應日語ア、ヤ、ワ行的，雖不符合漢、吳音的對應規律而被

歸於例外，其數目相當多，請注意。

⑦華語φ對應日語ガ行的來源是凝母，對應日語ア、ヤ、ワ行的來自影喻兩母，對應マ行、バ行的源於明母。華語φ中韻母為ㄦ的來自日母，而在日語中為ナ和ザ行，其數目極少，為了方便在此當做例外字看。

4. 日語內部連音變化

4.1 連濁變化

A 語料

日語（華譯）	日語音讀	華語讀音
(1) 王子	オウ＋シ→オウジ	ㄨㄤˊ ㄗ
平等	ビョウ＋トウ→ビョウドウ	ㄆㄧㄥˊ ㄉㄥˇ
坊主（和尚）	ボウ＋ス→ボウズ	ㄈㄤˊ ㄓㄨˇ
黄金	オウ＋コン→オウゴン	ㄏㄨㄤˊ ㄐㄧㄣ
東西（指方向）	トウ＋サイ→トウザイ	ㄉㄨㄥ ㄒㄧ
中國	チュウ＋コワ→チュウゴク	ㄓㄨㄥ ㄍㄨㄛˊ
(2) 年貢	ネン＋ク→ネング	ㄋㄧㄢˊ ㄍㄨㄥˋ
權化（化身）	ゴン＋ケ→ゴンゲ	ㄑㄩㄢˊ ㄏㄨㄚˋ
人間（人／人類）	ニン＋ケン→ニンゲン	ㄖㄣˊ ㄐㄧㄢ
勘當（斷絕父子關係）	カン＋トウ→カンドウ	ㄎㄢ ㄉㄤ
人數	ニン＋スウ→ニンズウ	ㄖㄣˊ ㄕㄨˋ
本尊（主佛）	ホン＋ソン→ホンゾン	ㄅㄣˇ ㄗㄨㄣ
忍者（古代奸細）	ニン＋シャ→ニンジャ	ㄖㄣˇ ㄓㄜˇ
天井（天花板）	テン＋ショウ→テンジョウ	ㄊㄧㄢ ㄐㄧㄥˇ
近所（附近／鄰居）	キン＋ショ→キンジョ	ㄐㄧㄣˋ ㄙㄨㄛˇ
(3) 週邊	シュウヘン	ㄓㄡ ㄅㄧㄢ
帽子	ボウシ	ㄇㄠˋ ㄗ
要點	ヨウテン	ㄧㄠˋ ㄉㄧㄢˇ
(4) 占據	センキョ	ㄓㄢˋ ㄐㄩˋ
染色	センショク	ㄖㄢˇ ㄙㄜˋ
潛水	センスイ	ㄑㄧㄢˊ ㄕㄨㄟˇ
戰爭	センソウ	ㄓㄢˋ ㄓㄥ
俸給	ホウキュウ	ㄈㄥˋ ㄐㄧˇ
陽光	ヨウコウ	ㄧㄤˊ ㄍㄨㄤ
變化	ヘンカ	ㄅㄧㄢˋ ㄏㄨㄚˋ

B規律

語料(1)、(2)中，我們可以發現有連濁發生。在(1)中第一個字日語讀音都有－ゥ韻尾，在(2)中則有－ン韻尾，經過觀察可知前者爲古代漢語－ng（現代華語亦－ng），而後者爲－m或－n（現代華語一律變成－n）韻尾。

古代漢語	華　　語	日　　語
－ng	－ng	－u（ゥ）
－m	－n	－n（ン）
－n		

在(3)中，日語雖有－ゥ韻尾，但由華語可看出古代漢語並非－ng，因此沒引起連濁。

連濁的規律爲：

日語
第一個字的韻尾　　第二個字的聲母

$$\left\{\begin{array}{l}-ゥ(u)\\-ン(n)\end{array}\right\} + \left\{\begin{array}{l}カ行(k)\\サ行(s)\\タ行(t)\end{array}\right\} \rightarrow \left\{\begin{array}{l}-ゥ(u)\\-ン(n)\end{array}\right\} + \left\{\begin{array}{l}ガ行(g)\\ザ行(z)\\ダ行(d)\end{array}\right\}$$

這個規律指的條件是古代漢語鼻音韻尾（－ng、－m、－n）變成日語－ゥ（u）和－ン（n）韻尾的。

以上規律並不包括ハ行，因爲ハ行在類似的情況下變爲パ行。

此外有古代漢語－ng韻尾的字，有些在日語裡念成－イ（請參看附錄④，比較華語與日語）。這些很少有致成第二個字的聲母濁化的現象，如下面：

	日　　語	華　　語	
經過	ケイカ	ㄐㄧㄥ	ㄍㄨㄛˋ
生死	セイシ	ㄕㄥ	ㄙˇ
聖書	セイショ	ㄕㄥˋ	ㄕㄨ
警告	ケイコク	ㄐㄧㄥˇ	ㄍㄠˋ

(4)為例外詞，雖為例外，其數多，請特別注意。

C 練習

　寫出以下漢字結合後的讀音（無例外字）。

(a)黃金　　オウ　＋コン　　→

(b)人間　　ニン　＋ケン　　→

(c)勘當　　カン　＋トウ　　→

(d)場主　　ボウ　＋ス　　　→

(e)天井　　テン　＋ショウ　→

(f)周邊　　シュウ＋ヘン　　→

(g)要點　　ョウ　＋テン　　→

(h)忍者　　ニン　＋シャ　　→

(i)平等　　ビョウ＋トウ　　→

(j)醫者　　イ　　＋シャ　　→

　答(a)オウゴン　　(b)ニンゲン　　(c)カンドウ　　(d)ボウズ　　(e)テンジョウ

　　(f)シュウヘン　(g)ョウテン　　(h)ニンジャ　　(i)ビョウドウ　(j)イシャ

4・2 連促變化

A 語料

日語（華譯）	日語音讀	華語讀音
(1)越境	エツ＋キョウ→エッキョウ	ㄩㄝˋ　ㄐㄧㄥˋ
謁見	エツ＋ケン→エッケン	ㄧㄝˋ　ㄐㄧㄢˋ
結果	ケツ＋カ→ケッカ	ㄐㄧㄝˊ　ㄍㄨㄛˇ
出荷（裝出貨物）	シュツ＋カ→シュッカ	ㄔㄨ　ㄏㄜˋ
日課	ニチ＋カ→ニッカ	ㄖˋ　ㄎㄜˋ
一括	イチ＋カツ→イッカツ	ㄧ　ㄎㄨㄛˋ
褐色	カツ＋ショク→カッショク	ㄏㄜˋ　ㄙㄜˋ
鐵管	テツ＋カン→テッカン	ㄊㄧㄝˇ　ㄍㄨㄢˇ
欠陷	ケツ＋カン→ケッカン	ㄑㄧㄢˋ　ㄒㄧㄢˋ
熱狂（狂熱）	ネツ＋キョウ→ネッキョウ	ㄖㄜˋ　ㄎㄨㄤˊ

絕叫	ゼツ＋キョウ→ゼッキョウ	ㄐㄩㄝˊ	ㄐㄧㄠˋ
發揮	ハツ＋キ→ハッキ	ㄈㄚ	ㄏㄨㄟ
滑走	カツ＋ソウ→カッソウ	ㄏㄨㄚˊ	ㄗㄡˇ
括弧	カツ＋コ→カッコ	ㄎㄨㄛˋ	ㄏㄨˊ
發汗	ハツ＋カン→ハッカン	ㄈㄚ	ㄏㄢˋ
必死（拚命）	ヒツ＋シ→ヒッシ	ㄅㄧˋ	ㄙˇ
物資	ブツ＋シ→ブッシ	ㄨˋ	ㄗ
實施	ジツ＋シ→ジッシ	ㄕˊ	ㄕ
一齊	イチ＋セイ→イッセイ	ㄧ	ㄑㄧˊ
別莊（別墅）	ベツ＋ソウ→ベッソウ	ㄅㄧㄝˊ	ㄓㄨㄤ
物騷（騷然不安）	ブツ＋ソウ→ブッソウ	ㄨˋ	ㄙㄠ
率先	ソツ＋セン→ソッセン	ㄕㄨㄞˋ	ㄒㄧㄢ
(2)惡漢（無賴）	アク＋カン→アッカン	ㄜˋ	ㄏㄢˋ
作家	サク＋カ→サッカ	ㄗㄨㄛˋ	ㄐㄧㄚ
若干	ジヤク＋カン→ジャッカン	ㄖㄨㄛˋ	ㄍㄢ
直感（直覺）	チョク＋カン→チョッカン	ㄓˊ	ㄍㄢˇ
客觀	キャク＋カン→キャッカン	ㄎㄜˋ	ㄍㄨㄢ
特許（專利）	トク＋キョ→トッキョ	ㄊㄜˋ	ㄒㄩˇ
却下（不受理）	キャク＋カ→キャッカ	ㄑㄩㄝˋ	ㄒㄧㄚˋ
逆境	ギャク＋キョウ→ギャッキョウ	ㄋㄧˋ	ㄐㄧㄥˋ
復興	フク＋コウ→フッコウ	ㄈㄨˋ	ㄒㄧㄥ
側近（親信）	ソク＋キン→ソッキン	ㄘㄜˋ	ㄐㄧㄣˋ
(3)早速（趕早）註①	ソウ＋ソク→サッソク	ㄗㄠˇ	ㄙㄨˋ
納豆（醱酵的黃豆）	ノウ＋トウ→ナットウ	ㄋㄚˋ	ㄉㄡˋ
雜多（各種各樣）	ゾウ＋タ→ザッタ	ㄗㄚˊ	ㄉㄨㄛ
法度（法令）	ホウ＋ト→ハット	ㄈㄚˇ	ㄉㄨˋ
十軒（十所（房子））	ジュウ＋ケン→ジュッケン	ㄕˊ	ㄒㄩㄢ
合奏	ゴウ＋ソウ→ガッソウ	ㄏㄜˊ	ㄗㄡˋ

（以上例子並不包括第二個字聲母爲ㄏ（h）行的字，請看4‧3）

B規律

　以上語料皆含有連促現象。觀察語料可發現第一個字的日語都有－ッ
／チ⑴、－ク⑵，或－ウ⑶韻尾。這些韻尾，其實是古代漢語的入聲韻變
來的。連促可能是日本人保留古入聲字詞的發音的結果，入聲字在古代漢
語裡以塞音－p、－t、－k收尾，日語沒有這種韻尾，也就加了一個母音
而多出一個音節，入聲－p、－t、－k因此分別變爲－ウ、－ッ／チ和－
ク韻尾。註②　促聲的情況可說是沒有多出的母音的情況（也就是不加母
音的特殊情況），可是從今日日語看，一般人都看成是母音的脫落。

　　含有－ッ／チ韻尾的字與清聲母結合使引起連促，幾乎找不到例外字
。含有－ク韻尾的字，則一般需與カ行聲母結合才能發生連促。因此「握
手」アクシュ無連促，惟有「六」ロク爲例外，與ハ行結合能引起連促。因
此有「六發」ロク＋ハツ→ロッパツ（此現象因爲涉及ハ行到パ行之變化，在
下節4·3討論）含有－ウ韻尾的字，因爲例外甚多，而且其來源不只是入
聲－p，不防個別記憶。

　連促規律爲：

```
日語
第一個字的韻尾　　第二個字的聲母

  ┌ ッ（tu）┐   ┌ カ行（k）┐         ┌ カ行 ┐（qk）
 －┤       ├ ＋ ┤ サ行（s）├ → ッ ＋ ┤ サ行 ├（qs）
  └ チ（ti）┘   └ タ行（t）┘         └ タ行 ┘（qt）

 －ク（ku）  ＋  カ行（k）  → ッ ＋ カ行   （qk）

                ┌ カ行（k）┐         ┌ カ行 ┐（qk）
 －ウ（u）   ＋ ┤ サ行（s）├ → ッ ＋ ┤ サ行 ├（qs）
                └ タ行（t）┘         └ タ行 ┘（qt）

（－ウ（u）指的是古代漢語入聲韻尾－p變來的）
```

　以上規律並不包括ハ行之情況，ハ行與以上韻尾結合雖
　也有連促出現，但也涉及ハ行到パ行之變化，在下節
　（4·3）另外討論。

另外要注意的是有一ウ韻尾的漢字，發生連促的時候，若有元音"o"在前，會引起"o"→"a"之變化，譬如「合奏」ゴウ＋ソウ→ガッソウ，其實這些會發生"o"→"a"之變化的字，早期日語發音就有元音"a"，如「合」ガフ，因此亦可以說為保留原來的發音。

　　現代華語完全不保留入聲，因此只懂得華語的人，只要根據日語韻尾來判斷連促的條件。至於懂得南方方言的人（如閩南話、廣東話），可以利用自己方言的入聲韻來判斷。以下台灣話與日語讀音的比較顯示兩者之關係：

	日　　語	台灣話
納豆	ナットウ（naqtou）	lap-tau
雜多	ザッタ（zaqta）	tsa′p-to
法度	ハット（haqto）	hoat-to
合奏	ガッソウ（gaqsou）	hao-tsau

C 練習

寫出結合以後的詞的<u>音讀</u>（無例外字）。

(a)越境　　エツ　＋キョウ　→

(b)鐵管　　テツ　＋カン　　→

(c)別莊　　ベツ　＋ソウ　　→

(d)必死　　ヒツ　＋シ　　　→

(e)特許　　トク　＋キョ　　→

(f)容間　　キャク＋マ　　　→

(g)出沒　　シュツ＋ボツ　　→

(h)早速　　ソウ　＋ソク　　→

(i)十軒　　ジュウ＋ケン　　→

(j)急激　　キュウ＋ゲキ　　→

(k)雜多　　ゾウ　＋タ　　　→

(l)作家　　サク　＋カ　　　→

答(a)エッキョウ　(b)テッカン　　(c)ベッソウ　　(d)ヒッシ　　　(e)トッキョ

(f)キャクマ　　(g)シュツボツ　(h)サッソク　　(i)ジュッケン　(j)キュウゲキ

(k)ザッタ　　　(l)サッカ

【附註】

①「早」ソウ 並非古代漢語入聲字，但以連促之現象來看與其他原為入聲字的漢字完全相同，因此暫列在此項。

②入聲韻－p和－k 有些分別變成日語－イ和－キ，但是這些不引起連音變化。

4‧3 ハ行到パ行的變化

A 語料

日語（華譯）	日語音讀	華語讀音
(1)壓迫	アツ＋ハク→アッパク	一ㄚ 　ㄆㄛˋ
一般	イチ＋ハン→イッパン	一ˋ 　ㄅㄢ
一拍	イチ＋ハク→イッパク	一ˋ 　ㄆㄞ
一泊（一宿）	イチ＋ハク→イッパク	一ˋ 　ㄅㄛˊ
徹兵	テツ＋ヘイ→テッペイ	ㄔㄜˋ 　ㄅㄧㄥ
鐵板	テツ＋ハン→テッパン	ㄊㄧㄝˇ 　ㄅㄢˇ
出版	シュツ＋ハン→シュッパン	ㄔㄨ 　ㄅㄢˇ
出帆（開船）	シュツ＋ハン→シュッパン	ㄔㄨ 　ㄈㄢ
月賦（分期付款）	ゲツ＋フ→ゲップ	ㄩㄝˋ 　ㄈㄨˋ
突發	トツ＋ハツ→トッパツ	ㄊㄨˊ 　ㄈㄚ
密封（嚴密封閉）	ミツ＋フウ→ミップウ	ㄇㄧˋ 　ㄈㄥ
密閉（嚴密關閉）	ミツ＋ヘイ→ミッペイ	ㄇㄧˋ 　ㄅㄧˋ
八百	ハチ＋ヒャク→ハッピャク	ㄅㄚ 　ㄅㄞˇ
日本	ニチ＋ホン→ニッポン	ㄖˋ 　ㄅㄣˇ
切迫（迫切）	セツ＋ハク→セッパク	ㄑㄧㄝˋ 　ㄆㄛˋ
吉報	キチ＋ホウ→キッポウ	ㄐㄧˊ 　ㄅㄠˋ
發表	ハツ＋ヒョウ→ハッピョウ	ㄈㄚ 　ㄅㄧㄠˇ
日報	ニチ＋ホウ→ニッポウ	ㄖˋ 　ㄅㄠˋ
一杯	イチ＋ハチ→イッパイ	一ˋ 　ㄅㄟ

失敗	シツ＋ハイ→シッパイ	ㄕ ㄅㄞˋ
達筆（善寫）	タツ＋ヒツ→タッピツ	ㄉㄚˊ ㄅㄧ
立派（有氣派／華麗）	リツ＋ハ→リッパ	ㄌㄧˋ ㄆㄞˋ
突破	トツ＋ハ→トッパ	ㄊㄨˊ ㄆㄛˋ
(2)十本（十根）	ジュウ＋ホン→ジュッポン	ㄕˊ ㄅㄣˇ
合併	ゴウ＋ヘイ→ガッペイ	ㄏㄜˊ ㄅㄧㄥˋ
合本（合訂本）	ゴウ＋ホン→ガッポン	ㄏㄜˊ ㄅㄣˇ
合評（集體評分）	ゴウ＋ヒョウ→ガッピョウ	ㄏㄜˊ ㄆㄧㄥˊ
雜費	ゾウ＋ヒ→ザッピ	ㄗㄚˊ ㄈㄟˋ
(3)憲兵	ケン＋ヘイ→ケンペイ	ㄒㄧㄢˋ ㄅㄧㄥ
先輩	セン＋ハイ→センパイ	ㄒㄧㄢ ㄅㄟˋ
品評	ヒン＋ヒョウ→ヒンピョウ	ㄆㄧㄣˇ ㄆㄧㄥˊ
三票	サン＋ヒョウ→サンピョウ	ㄙㄢ ㄆㄧㄠˋ
心配（恒心）	シン＋ハイ→シンパイ	ㄒㄧㄣ ㄆㄟˋ
權柄	ケン＋ヘイ→ケンペイ	ㄑㄩㄢˊ ㄅㄧㄥˇ
完膚	カン＋フ→カンプ	ㄨㄢˊ ㄈㄨ
電波	デン＋ハ→デンパ	ㄉㄧㄢˋ ㄅㄛ
銀杯	ギン＋ハイ→ギンパイ	ㄧㄣˊ ㄅㄟ
船舶	セン＋ハク→センパク	ㄔㄨㄢˊ ㄅㄛˊ
運搬（搬運）	ウン＋ハン→ウンパン	ㄩㄣˋ ㄅㄢ
貧富	ヒン＋フ→ヒンプ	ㄆㄧㄣˊ ㄈㄨˋ
轉覆（顛覆）	テン＋フク→テンプク	ㄓㄨㄢˇ ㄈㄨˋ
乾杯	カン＋ハイ→カンパイ	ㄍㄢ ㄅㄟ
先方（前方）	セン＋ホウ→センポウ	ㄒㄧㄢ ㄈㄤ
扇風機（電風扇）	セン＋フウキ→センプウキ	ㄕㄢˋ ㄈㄥ ㄐㄧ
(4)三本（三根）	サン＋ホン→サンボン	ㄙㄢ ㄅㄣˇ
六發	ロク＋ハツ→ロッパツ	ㄌㄧㄡˋ ㄈㄚ
六本（六根）	ロク＋ホン→ロッポン	ㄌㄧㄡˋ ㄅㄣˇ

註①

-78-

B規律

　　以上語例(1)、(2)中都有連促現象，並且ハ行變爲パ行，日語原來只有ハ行而無パ行，現代日語雖然パ行，除了外來語以外幾乎不用，但在促音後面パ行必定代替ハ行（其實應說保留パ行）。此外由語料(3)中可見日語ーン韻尾與ハ行聲母結合後也會發生ハ行到パ行之變化。這現象類似我們前面討論過的連濁（4・1），只是在這兒引起變化的條件稍有不同，在4・1中的連濁的規律是日語ーウ（古代漢語ーng韻尾）和ーン（古代漢語ーn韻尾）韻尾與カ、サ、タ行之聲母結合，在這兒是日語ーン韻尾與ハ行聲母結合後ハ行變成パ行，經過觀察可知語料(3)中的ーン韻尾皆爲古代漢語ーn或ーm韻尾（現代華語爲ーn），因此「情報」ジョウホウ並無出現ハ行到パ行之變化。

　　ハ行到パ行之變化的規律爲：

①
```
日語
第一個字的韻尾　　第二個字的聲母
⎧ ーッ(tu)  ⎫
⎨ ーチ(ti)  ⎬  ＋  ハ(h)行  →  ッ  ＋  パ行(qp)
⎩ ーウ(u)註② ⎭
```

　　譬如「一」イチ＋「泊」ハク→「一泊」イッパク
　　　（ーウ(u)韻尾只限於古代漢語入聲韻變來的）

②
```
日語
第一個字的韻尾　　第二個字的聲母
　　ーン(n)　　＋　ハ(h)行　→　ン　＋　パ行(mp)註③
```

　　譬如「先」セン＋「輩」ハイ→「先輩」センパイ
　　　（ーン(n)韻尾指的是古代漢語ーn、ーm變成日語ーn的情
　　　的情形）

　　語料(4)爲例外讀音。

【附註】

①在 4·2 B 中提過含有－ク（ku） 韻尾的字需與カ行結合才能有連促，惟有「六」ロク 為例外，因此「六本」、「六發」皆列為例外字。

②請注意－ウ韻尾在元音" o "之後引起" o "→" a "之變化（參考4·2 B ）。

③－n 被－p（唇音）同化變成－m（唇音），但用假名寫的時候仍照慣例保持－n。

C 練習

寫出結合後的音讀

(a)一泊　　イチ　＋ ハク　→

(b)密封　　ミツ　＋ フウ　→

(c)切迫　　セツ　＋ ハク　→

(d)失敗　　シツ　＋ ハイ　→

(e)憲兵　　ケン　＋ ヘイ　→

(f)三票　　サン　＋ ヒョウ →

(g)乾杯　　カン　＋ ハイ　→

(h)先方　　セン　＋ ホウ　→

(i)雜費　　ゾウ　＋ ヒ　　→

(j)納豆　　ノウ　＋ トウ　→

(k)六本　　ロク　＋ ホン　→

(l)複本　　フク　＋ ホン　→

(m)爆彈　　バク　＋ タン　→

答(a)イッパク　(b)ミップウ　(c)セッパク　(d)シッパイ　(e)ケンペイ

　(f)サンピョウ　(g)カンパイ　(h)センポウ　(i)ザッピ　　(j)ナットウ

　(k)ロッポン　(l)フクホン　(m)バクダン

5. 總練習（ 1.～ 4. ）

選出正確的讀音
1.(a)最近では　　(b)平均　　(c)年齢は　　十歳ぐらい上がり私の
　①サイチン　　①ヘイギン　　①メンレイ　　ジュッサイ　　ア　　　ワタシ
　②サイキン　　②ベイキン　　②ネンレイ
　③サイヂン　　③ヘイキン　　③レンネイ

（d)病棟でも　　九十歳代の　　(e)患者が　(f)常時三、四人見られ
　①ビョウトウ　　キュウジュッサイダイ　　①ハンジャ　①ジョウジ　　　　ミ
　②ビョウドウ　　　　　　　　　　　　　　②サンジャ　②ニョウジ
　③ビョウトウ　　　　　　　　　　　　　　③カンジャ　③ショウチ

るようになってきた。

2.見るからに(a)元氣そうなアロエが　　(b)店頭に　　出回っています。
　　　　　①ヘンキ　　　　　①テンオウ　デマワ
　　　　　②ゲンキ　　　　　②テンホウ
　　　　　③ゲンヒ　　　　　③テントウ

(c)観葉植物　　としてもいいのですが，俗に　(d)醫者しらずといわ
　①ガンヨウショクブツ　　　　　　　　　　ゾク　①イシャ
　②カンヨウ　　　　　　　　　　　　　　　　　②イギャ
　③カンコウ　　　　　　　　　　　　　　　　　③イキャ

れる藥としての　(e)效用も　(f)定評があり，　(g)近年はアロエ酒
　　　クスリ　　①ホウヨウ　①テイヒョウ　①キンメン　　サケ
　　　　　　　　②コウヨウ　②デイミョウ　②キンネン
　　　　　　　　③ミョウヨウ　③テイショウ　③チンメン

—81—

やジュースなどにも　(h)利用されています。

①　チョウ

②　ショウ

③　リョウ

3.(a)氣壓の谷の　(b)接近で　(c)黄海から西日本に雲が廣がり，これに

①　ヤアツ　　　　①　エッキン　①　コウカイ　ニシニホン　クモ　ヒロ

②　キアツ　　　　②　ラッキン　②　コウマイ

③　キマツ　　　　③　セッキン　③　コウガイ

(d)呼應して，東シナ海にある　(e)梅雨前線の　雲が　(f)北上する

①　ボオウ　　　　ヒガシ　カイ　①　バイウゼンセン　クモ　①　ホクチョウ

②　コオウ　　　　　　　　　　②　ハイウ　　　　　　　②　ホクジョウ

③　ホオウ　　　　　　　　　　③　ナイウ　　　　　　　③　ボクジョウ

(g)氣配を見せている。

①　ケハイ　ミ

②　ケマイ

③　ゲカイ

4.月その他の　(a)天體を　含む　(b)宇宙空間の　(c)探査はすべての

ツキ　　　①　デンタイ　フク　①　ウチュウクウカン　①　カンサ

　　　　　②　テンタイ　　　　②　ウヒュウ　　　　　②　タンサ

　　　　　③　デンダイ　　　　③　ウピュウ　　　　　③　マンサ

國の　(d)利益のためにその　(e)經濟的　または　(f)科學的

クニ　①　ミエキ　　　　①　ケイザイテキ　　　①　カハクテキ

　　　②　リエキ　　　　②　ケイバイ　　　　　②　サガク

　　　③　キエキ　　　　③　ケイダイ　　　　　③　カガク

(g)發展の　　(h)程度にかかわりなく行れれるものであり　　(i)全人類に

① ハッテン　　① テイボ　　　　　　　オコナ　　　　　　　① ゼンジンルイ

② バッテン　　② テイゴ　　　　　　　　　　　　　　　　　② ゼンビンルイ

③ ハッペン　　③ テイド　　　　　　　　　　　　　　　　　③ ゼンジンムイ

認められる　　(j)活動　　(k)分野である。

ミトメ　　　　① カツドウ　　① ジンヤ

　　　　　　　② カツホウ　　② ブンヤ

　　　　　　　③ カツボウ　　③ グンヤ

5. 生の　　(a)報道、　　(b)情報番組　　　　　をいかに　　(c)効率よく

ナマ　　① ホウドウ　　① ジョウホウバングミ　　　　　① ノウリツ

　　　　② ホウゴウ　　② ジョウチョウ　　　　　　　　② コウリツ

　　　　③ ポウゴウ　　③ ショウギョウ　　　　　　　　③ リョウリツ

(d)放送するか，という(e)視點に立って(f)新築された同センター。コ

① ホウソウ　　　　　① ミテン　　タ　　① チンキク　　　ドウ

② ホウトウ　　　　　② シヘン　　　　　② シンチク

③ ホウドウ　　　　　③ シテン　　　　　③ シンキク

ンピューターに支えられた　最　　(g)先端の　　(h)技術を　　(i)導入して

　　　　　　　　　　ササ　　　サイ　① センタン　① ギジュツ　① ドウミュウ

　　　　　　　　　　　　　　　　　② センパン　② シギュツ　② ドウニュウ

　　　　　　　　　　　　　　　　　③ ゼンハン　③ チギュツ　③ ホウニュウ

(j)電子ネットワークが張りめぐらされている。

① デンシ　　　　　　　　ハ

② ヘンシ

③ メンシ

6. 久しぶりの　(a)晴天に　氣持ちよく乾いた　(b)洗濯物　　を取りこ

　　ヒサ　　　　①テイセン　キモ　　　　カワ　　①センカクモノ　　ト

　　　　　　　　②セイテン　　　　　　　　　　②センタク

　　　　　　　　③テイデン　　　　　　　　　　③テンサク

　　もうと腰を上げた　(c)途端，チャイムの音。　(d)同時に網戸を

　　　　コシ　ア　　　①トタン　　　　　　　オト　①トウチ　アミド

　　　　　　　　　　②ホハン　　　　　　　　　　②ドウチ

　　　　　　　　　　③モマン　　　　　　　　　　③ドウジ

(e)強引に　押し開ける音。　(f)玄關に　出ると　(g)中年の

①ホウイン　オ　　ア　　オト　①ゲンバン　デ　①チュウネン

②ショウイン　　　　　　　　②ゲンハン　　②シュウメン

③ゴウイン　　　　　　　　　③ゲンカン　　③チュウメン

(h)女性が　笑って立っている。

①ニョテイ　ワラ　　タ

②ジョテイ

③ジョセイ

7. 日本(a)庭園は，それが　(b)實際に　(c)自然の　(d)風景であるかのよ

　　　①テイエン　　　①シッタイ　①ヒゼン　①コウケイ

　　　②ケイエン　　　②ジッパイ　②シゼン　②フウケイ

　　　③エイエン　　　③ジッサイ　③ヒネン　③コウヘイ

うに見える。それで　(e)景色を表すといわれる。

　　　①ケシキ

　　　②ケチキ

　　　③エシキ

8. 日本は　(a)北海道、　　(b)本州、　　(c)四國、　　(d)九州の四つの大

(a)
① ホッカイゴウ
② ホッカイドウ
③ キタカイドウ

(b)
① ホンシュウ
② センシュウ
③ ホンギュウ

(c)
① チコク
② シコク
③ シソク

(d)
① ホウシュウ
② ヒュウシュウ
③ キュウシュウ

きな島からできている。　　(e)觀光　客　の多くは，昔の日本の
　　　シマ

(e)
① カンコウキャク
② ハンコウ
③ タンコウ

(f)首都、　　(g)京都、　　(h)大佛で　(i)有名な　　(j)奈良に行く。

(f)
① キュコ
② キュト
③ シュト

(g)
① キョウト
② キョウコ
③ ヨウコ

(h)
① ダイゴツ
② ダイドツ
③ ダイブツ

(i)
① エウネイ
② ユウメイ
③ キュウメイ

(j)
① マラ
② ナラ
③ ナマ

9.(a)歌舞伎の　(b)舞台には　(c)女優は　(d)登場しない。女には

(a)
① カブキ
② ハブキ
③ ガブキ

(b)
① ブサイ
② ブタイ
③ グタイ

(c)
① チョユウ
② ショユウ
③ ジョユウ

(d)
① トウジョウ
② ドウジョウ
③ ホウジョウ

(e)男優が　扮する。　　(f)化粧は　(g)表情と　　(h)感情を表す為大

(e)
① タンユウ　イデタチ
② ダンユウ
③ マンユウ

(f)
① ケジョウ
② ヘショウ
③ ケショウ

(g)
① ピョウジョウ
② ビョウジョウ
③ ヒョウジョウ

(h)
① ハンジョウ
② カンジョウ
③ ガンジョウ

げさにされている。

答 1.(a)② サイキン　　(b)③ ヘイキン　　(c)② ネンレイ　　(d)① ビョウトウ
　　　(e)③ カンジャ　　(f)① ジョウジ

—85—

最近病人的平均年齡增加了十歲。在我的醫院裏，平時也看到三、四個九十歲以上的病人。

2. (a)② ゲンキ　　(b)③ テントウ　　(c)② カンヨウ　　(d)① イシャ
　　(e)② コウヨウ　　(f)① テイヒョウ　　(g)② キンネン　　(h)③ リョウ

看起來生氣勃勃的蘆薈上市了。它也可當觀葉植物，但也可當藥，俗稱「不用醫生」，而其效用是大家所認同的。近年來也被利用製造蘆薈酒或蘆薈汁。

3. (a)② キアツ　　(b)③ セッキン　　(c)① コウカイ　　(d)② コオウ
　　(e)① バイウ　　(f)② ホクジョウ　　(g)① ケハイ

因爲氣壓谷接近，雲散佈在黃海至日本一帶，而引起了停滯在東海梅雨峰面的雲將往北上移。

4. (a)② テンタイ　　(b)① ウチュウ　　(c)② タンサ　　(d)② リエキ
　　(e)① ケイザイ　　(f)③ カガク　　(g)① ハッテン　　(h)③ テイド
　　(i)① ゼンジンルイ　(j)① カツドウ　　(k)② ブンヤ

對包括月球及其他天體的宇宙空間的探查，是被全人類認可的活動領域，它應該爲了所有國家的利益而實行，無論該國的經濟或科學發展的程度如何。

5. (a)① ホウドウ　　(b)① ジョウホウ　　(c)② コウリツ　　(d)① ホウソウ
　　(e)③ シテン　　(f)② シンチク　　(g)① センタン　　(h)① ギジュツ
　　(i)② ドウニュウ　　(j)① デンシ

建立本中心的目的在如何有效地直接轉播報導性的節目，它輸入了最新的技術，並且周圍圍繞著電子網。

6.(a)② セイテン　　(b)② センタク　　(c)① トタン　　(d)③ ドウジ

(e)③ ゴウイン　　(f)③ ゲンカン　　(g)① チュウネン　(h)③ ジョセイ

難得放晴，曬乾了的衣服才想拿進來，剛站起來去拿的時候，電
鈴響了，且聽到紗門硬被打開，走到了玄關，只見一個中年婦人
笑著站在那兒。

7.(a)① テイエン　　(b)③ ジッサイ　　(c)② シゼン　　(d)② フウケイ

(e)① ケシキ

日本的庭院看來如實在的自然景緻一般，因此它被稱爲 " 表達景
色的 "。

8.(a)① ホッカイドウ (b)① ホンシュウ　(c)② シコク　　(d)③ キュウシュウ

(e)① カンコウ　　(f)③ シュト　　(g)① キョウト　　(h)③ ダイブツ

(i)② ユウメイ　　(j)② ナラ

日本是由四個大島嶼，北海道、本州、四國、九州組成。大部份
的觀光客會到日本古都、京都及以「大佛」著名的奈良。

9.(a)① カブキ　　　(b)② ブタイ　　　(c)③ ジョユウ　　(d)① トウジョウ

(e)② ダンユウ　　(f)③ ケショウ　　(g)③ ヒョウジョウ (h)② カンジョウ

在歌舞伎的舞台上，並沒有女演員上場，女的都由男演員扮演。
化粧爲了表達表情和感情採用了誇張的手法。

附錄① 華語與日語總音節

日語總音節

φ	k	g	s	z	t	d	n	h	b	p	m	φ	r	φ
ア (a)	カ (ka)	ガ (ga)	サ (sa)	ザ (za)	タ (ta)	ダ (da)	ナ (na)	ハ (ha)	バ (ba)	パ (pa)	マ (ma)	ヤ (ya)	ラ (ra)	ワ (wa)
イ (i)	キ (ki)	ギ (gi)	シ (si)	ジ (zi)	チ (ti)	ヂ (zi)	ニ (ni)	ヒ (hi)	ビ (bi)	ピ (pi)	ミ (mi)		リ (ri)	
ウ (u)	ク (ku)	グ (gu)	ス (su)	ズ (zu)	ツ (tu)	ヅ (zu)	ヌ (nu)	フ (hu)	ブ (bu)	プ (pu)	ム (mu)	ユ (yu)	ル (ru)	
エ (e)	ケ (ke)	ゲ (ge)	セ (se)	ゼ (ze)	テ (te)	デ (de)	ネ (ne)	ヘ (he)	ベ (be)	ペ (pe)	メ (me)		レ (re)	
オ (o)	コ (ko)	ゴ (go)	ソ (so)	ゾ (zo)	ト (to)	ド (do)	ノ (no)	ホ (ho)	ボ (bo)	ポ (po)	モ (mo)	ヨ (yo)	ロ (ro)	ヲ (wo)
	キャ (kya)	ギャ (gya)	シャ (sya)	ジャ (zya)	チャ (tya)	ヂャ (zya)	ニャ (nya)	ヒャ (hya)	ビャ (bya)	ピャ (pya)	ミャ (mya)		リャ (rya)	
	キュ (kyu)	ギュ (gyu)	シュ (syu)	ジュ (zyu)	チュ (tyu)	ヂュ (zyo)	ニュ (nyu)	ヒュ (hyu)	ビュ (byu)	ピュ (pyu)	ミュ (myu)		リュ (ryu)	
	キョ (kyo)	ギョ (gyo)	ショ (syo)	ジョ (zyo)	チョ (tyo)	ヂョ (zyo)	ニョ (nyo)	ヒョ (hyo)	ビョ (byo)	ピョ (pyo)	ミョ (myo)		リョ (ryo)	
														ン (n)

　　在此使用的日語羅馬字併音，大體按照訓令式。促音則以 −q− 來表示，譬如ガッコウ→ gaqkou。撥音則以 n' 來表示。譬如オンナ→ on'na。至於長母音則連寫原來的母音，因此アー→ aa，イー→ ii，ウー→ uu，エー→ ei／ee，オー→ ou／oo。

　　（因為ダ(d)行聲母有 d、z 兩者，因此ヂ(zi)、ヅ(zu) 分別與ザ(z)行的ジ(zi)、ズ(zu) 同音，而且往往寫成ジ(zi)、ズ(zu)。（詳細說明請看1·4 B。）

華語總音節

附錄② 日語聲母與華語聲母

日語與華語聲母各爲如下。

日語聲母（共13個）（サ（s）行的シ（si）、ザ（z）行的ジ（zi）、タ（t）行的チ（ti）和ダ（d）行的ヂ（zi）之聲母，其實爲舌面音）

	喉音	唇音	舌尖音		舌根音	鼻音	拍擊音	（零聲母）
			齒音	塞音				
清	カ行(k)	パ行(p)	サ行(s)	タ行(t)	ハ行(h)			ア、ヤ、ワ行 (φ、ya、wa)
濁	ガ行(g)	バ行(b)	ザ行(z)	ダ行(d)		マ行(m) ナ行(n) 註①	ラ行(r)	

華語聲母（共22個）

唇　音			舌　尖　音				
雙　唇		唇齒	塞　音		塞　擦　音		擦音
送氣	不送氣		送氣	不送氣	送氣	不送氣	
ㄆ (p)	ㄅ (b)	ㄈ (f)	ㄊ (t)	ㄉ (d)	ㄘ (c)	ㄗ (z)	ㄙ (s)

捲　舌　音			舌　面　音			舌　根　音		
塞　擦　音		擦音	塞　擦　音		擦音	塞　音		擦音
送氣	不送氣		送氣	不送氣		送氣	不送氣	
ㄔ (ch)	ㄓ (zh)	ㄕ (sh)	ㄑ (q)	ㄐ (j)	ㄒ (x)	ㄎ (k)	ㄍ (g)	ㄏ (h)

鼻　音		邊音	顫音	(零聲母)
ㄇ (m)	ㄋ (n)	ㄌ (l)	ㄖ (r)	φ (φ)

（請看附錄⑩語音略說）

【附註】

①ㄇ(m)行和ㄋ(n)行同時也分別為唇音和舌尖音,為了歸類上的方便,在此表只列在鼻音下。

附錄③ 華語與日語有規律的聲母對應表

華　　　　語		日　　　　語
ㄅ (b)	一、三聲	ハ (h) 行
ㄆ (p)	二、四聲	ハ (h)／バ (b) 行
ㄈ (f)		
ㄇ (m)	一、二、三、四聲	バ (b)／マ (m) 行
ㄉ (d)	一、三聲	タ (t) 行
ㄊ (t)	二、四聲	タ (t)／ダ (d) 行
ㄋ (n)	一、二、三、四聲	ダ (d)／ナ (n) 行
ㄌ (l)	一、二、三、四聲	ラ (l) 行
ㄗ (z)	一、三聲	サ (s) 行
ㄘ (c)	二、四聲	サ (s)／ザ (z) 行
ㄓ (zh)	一、三聲	サ (s)／タ (t) 行
ㄔ (ch)	二、四聲	サ (s)／ザ (z)　タ (t)／ダ (d) 行
ㄙ (s)	一、三聲	サ (s) 行
ㄕ (sh)	二、四聲	サ (s)／ザ (z) 行
ㄐ (j)	一、三聲	サ (s)／カ (k) 行
ㄑ (q)	二、四聲	サ (s)／カ (k)／ザ (z)／ガ (g) 行
ㄒ (x)		
ㄍ (g)	一、三聲	カ (k) 行
ㄎ (k)	二、四聲	カ (k)／ガ (g) 行
ㄏ (h)		
ㄖ (r)	一、二、三、四聲	ナ (n)／ザ (z) 行
φ (φ)	一、二、三、四聲	ダ (d)／バ (b)／マ (m)／ガ (g)／φ (φ) 行

附錄④ 常出現的華日語韻母對應

日語 華、介音 華、元音 韻母 （＋韻母）	φ	ー(yi)	ㄨ(wu)	ㄩ(yu)
φ		イ(i) 衣 エイ(ei) 衞 エキ(eki) 積 ユウ(yuu) 急	オ(o) 呼 ウ(u) 夫 ユ(yu) 殊 オク(oku) 木 ウク(uka) 腹	ユ(yu) 趣 ヨ(yo) 去 ウ(u) 具 ヨク(yoku) 浴
帀(i)	イ(i) 智			
ㄚ(a)	ア(a) 查 アツ(atu)/ アチ(ati) 髮 オウ(ou) 踏	ア(a) 家 アツ(atu) 壓 オウ(ou) 押	ア(a) 花 ウ(a) 話 アツ(atu) 滑	
ㄝ(e)		ヤ(ya) 斜 アイ(ai) 皆 エツ(elv) 劣 ヨウ(you) 協		エツ(etu) 決 アク(aka) 角 ヤク(yaku) 略
ㄛ(o)	ア(a) 波 アク(aku) 伯		ア(a) 多 アク(aka) 落	
ㄜ(e)	ヤ(ya) 捨 ア(a) 課 アツ(atu) 割 アク(aka) 格 オク(oku) 得			
ㄞ(ai)	アイ(ai) 才		アイ(ai) 會 ウイ(ui) 帥	

ㄠ(ao)	ヨウ(you)抄 オウ(ou)操 オウ(ou)謀	ヨウ(you)叫 オウ(ou)孝 ユウ(yuu)究		
ㄡ(ou)	ユウ(yuu)收 ユ(yu)守	ウ(u)九		
ㄢ(an)	アン(an)汗	エン(en)先 アン(an)陷	アン(an)完 エン(en)傳	エン(en)軒
ㄣ(en)	イン(in)森 ウン(un)粉 オン(on)本	イン(in)琴	オン(on)村 ユン(yun)准	ウン(an)雲 ユン(yan)順
ㄤ(ang)	オウ(ou)邦 ヨウ(you)張	ヨウ(you)艮 オウ(ou)香	オウ(ou)莊 ヨウ(you)床	
ㄥ(eng)	オウ(ou)能 ヨウ(you)升 エイ(ei)聖	エイ(ei)銘 ヨウ(you)凝	ユウ(yuu)蟲 オウ(ou)同 ヨウ(you)供	ヨウ(you)兄

附錄⑤ 華日語讀音的對應表

(1)如何應用對應表

　　此對應表所包括的是一千九百零六個常用漢字（常用漢字一千九百四十五個中，三十九個沒有音讀）。

　　表中每個字都是照華語聲母和韻母排列的。左邊第一欄是華語聲母，此欄每一頁都相同，其他各欄是華語韻母，每個韻母佔兩頁，由"ㄧ"排到"ㄩㄢ"，凡是華語同音的漢字都排在同一格內。因此漢字的漢語發音，不另外標示，日語音讀則寫在每個漢字旁邊。

（沒有音讀的漢字爲如下）

扱	芋	虞	卸	蚊
めつか（う）	いも	おそれ	おろし おろ（す）	か
貝	掛	垣	潟	且
かい	か（ける） か（かる） か（かり）	かき	かた	かつ
株	刈	繰	込	崎
かぶ	か（る）	く（る）	こ（む） こ（める）	さき
咲	芝	皿	据	杉
さ（く）	しば	さら	す（える） す（わる）	すぎ
瀬	滝	但	棚	塚
せ	たき	ただ（し）	たな	つか
漬	坪	峠	届	箱
つ（ける） つ（かる）	つぼ	とうげ	とど（く） とど（ける）	はこ

肌	姫	堀	又	岬
はだ	ひめ	ほり	また	みさき

娘	叺	枠	畑
むすめ	もんめ	わく	はたけ

註：ㄐ(j)、ㄑ(q)、ㄒ(x)原屬於精系的與ㄗ(z)、ㄘ(c)、ㄙ(s)同
列，原屬於見系的則與ㄍ(g)、ㄎ(k)、ㄏ(h)同列。

華日語讀音對照表

華　　語	一	一ˊ
ㄅ　b		鼻ビ
ㄆ　p	批ヒ，匹ヒキ、ヒツ	皮ヒ，疲ヒ
ㄇ　m		迷メイ
ㄈ　f		
ㄉ　d	低テイ，滴テキ	敵テキ，笛テキ
ㄊ　t		堤テイ，提テイ，題ダイ
ㄋ　n		尼ニ，泥デイ
ㄌ　l		離リ
ㄓ　zh		
ㄔ　ch		
ㄕ　sh		
ㄖ　r		
ㄗ,ㄐ z,j	積セキ，績セキ，跡セキ	吉キチ，集シュウ，即ソク，寂ジャク，疾シツ，籍セキ，
ㄘ,ㄑ c,q	妻サイ，漆シツ，七シチ	齊セイ
ㄙ,ㄒ s,x	西サイ、セイ，析セキ	習シュウ，襲シュウ，席セキ，息ソク，昔セキ，惜セキ
ㄍ,ㄐ g,j	基キ，幾キ，機キ，机キ，飢キ，雞ケイ，激ゲキ	急キュウ，級キュウ，及キュウ，擊ゲキ，極ゴク、キョク
ㄎ,ㄑ k,q,k	欺ギ	騎キ，奇キ，岐キ，旗キ，期キ、ゴ，棋ギ，祈キ
ㄏ,ㄒ h,x	希キ，犧ギ，吸キュウ	宜ギ，疑ギ，移イ，遺イ、ユイ，儀ギ
ø　ø	依イ，衣イ，一イチ、イツ壹イチ	

華　　語	一ˇ	一、
ㄅ　　b	彼ヒ，比ヒ	幣ヘイ，陛ヘイ，避ヒ，壁ヘキ 閉ヘイ，必ヒツ
ㄆ　　p	癖ヘキ	
ㄇ　　m	米ベイ，マイ	泌ヒツ，秘ヒ
ㄈ　　f		
ㄉ　　d	底テイ，抵テイ，邸テイ	締テイ，弟テイ，第ダイ， 地チ、ジ，的テキ，遞テイ
ㄊ　　t	體タイ	替タイ
ㄋ　　n	擬ギ	逆ギャク
ㄌ　　l	禮レイ，裏リ，里リ，理リ	例レイ，勵レイ，隷レイ， 麗レイ，利リ，力リキ、リョク 粒リュウ，立リツ，吏リ，痢リ 曆レキ
ㄓ　　zh		
ㄔ　　ch		
ㄕ　　sh		
ㄖ　　r		
ㄗ,ㄐ z,j		劑サイ，濟サイ，祭サイ， 際サイ
ㄘ,ㄑ c,q		
ㄙ,ㄒ s,x	洗セン	細サイ，夕セキ
《,ㄐ g,j	己コ，給キュウ	計ケイ，紀キ，寄キ，既キ， 記キ，忌キ，季キ，技ギ， 繼ケイ
ㄎ,ㄑ k,q	起キ，啓ケイ	企キ，器キ，棄キ，氣キ、ケ 汽キ，泣キュウ，憩ケイ， 契ケイ

厂,ㄒ h,x	喜キ	係ケイ，系ケイ、シ，戲ギ
φ φ	以イ，乙オツ	意イ、異イ，義ギ，議ギ，藝ゲイ，億オク，憶オク，抑ヨク，液エキ，益エキ，役エキ，易エキ、イ，疫エキ，翌ヨク，翼ヨク，訳(譯)ヤク，駅エキ

華　　語	ㄨ	ㄨˊ
ㄅ　b		
ㄆ　p	撲ボク	僕ボク
ㄇ　m		
ㄈ　f	夫フ，敷フ，膚フ	浮フ，符フ，幅フク，伏フク，福フク，服フク
ㄉ　d	都ト，督トク	
ㄊ　t		圖ト、ズ，塗ト，徒ト，突トツ
ㄋ　n		奴ド
ㄌ　l		爐ロ
ㄓ　zh	株シュ，朱シュ，珠シュ	築チク，逐チク，竹チク
ㄔ　ch	初ショ，出スイ、シュツ	除ジョ
ㄕ　sh	疎ソ，樞スウ，書ショ，輸ユ，殊シュ	叔シュク
ㄖ　r		儒ジュ，如ジョ、ニョ
ㄗ,ㄐ z,j	租ソ	族ゾク，足ソク，卒ソツ
ㄘ,ㄑ c,q		
ㄙ,ㄒ s,x		俗ゾク
ㄍ,ㄐ g,j	孤コ，枯コ	
ㄎ,ㄑ k,q		
厂,ㄒ h,x	呼コ	湖コ，狐コ，弧コ
φ φ	汚オ，屋オク	呉ゴ，無ブ

華　語	ㄨˇ	ㄨˋ
ㄅ　b	補ホ	布フ，怖フ，步ブ、ホ，部ブ，簿ボ，不フ
ㄆ　p	浦ホ，譜フ，普フ	舖ホ
ㄇ　m	母ボ	募ボ，墓ボ，幕マク、バク，慕ボ，暮ボ，牧ボク，木ボク、モク
ㄈ　f	府フ、腐フ	富フ，付フ，副フク，賦フ，赴フ，附フ，婦フ，父フ，負フ，腹フク，覆フク，複フク
ㄉ　d	篤トク	度ド，渡ト
ㄊ　t	土ト、ド	吐ト
ㄋ　n	努ド	怒ド
ㄌ　l		路ロ，露ロ，錄ロク、リョク，陸リク
ㄓ　zh	主シュ，煮シャ，貯チョ，囑ショク	著チョ，注チュウ，鑄チュウ，駐チョウ，住ジュウ，柱チュウ
ㄔ　ch		處ショ，觸ショク
ㄕ　sh	屬ゾク，暑ショ	數スウ，庶ショ，樹ジュ，束ソク，術ジュツ
ㄖ　r	乳ニュウ	辱ジョク，入ニュウ
ㄗ,ㄐ z,j	祖ソ，組ソ，阻ソ	
ㄘ,ㄑ c,q		醋サク，促ソク
ㄙ,ㄒ s,x		塑ソ，素ソ、ス，訴ソ，速ソク，肅シュク
ㄍ,ㄐ g,j	古コ，鼓コ，穀コク，谷コ、タ，骨コ、ッ	固コ，故コ，雇コ，顧コ
ㄎ,ㄑ k,q	苦ク	庫コ，酷コク
ㄏ,ㄒ h,x,		戶コ，護ゴ
∮　∮	午ゴ，五ゴ，侮ブ、ム，武ブ、ム，舞ブ	誤ゴ，悟ゴ，務ム，霧ム，物モツ、ブツ

華　語	ㄩ	ㄩˊ
ㄅ　ㄆ　b		
ㄆ　　　p		
ㄇ　　　m		
ㄈ　　　f		
ㄉ　　　d		
ㄊ　　　t		
ㄋ　　　n		
ㄌ　　　l		
ㄓ　　　zh		
ㄔ　　　ch		
ㄕ　　　sh		
ㄖ　　　r		
ㄗ,ㄐ　z,j		
ㄘ,ㄑ　c,q		
ㄙ,ㄒ　s,x	需ジュ	徐ジョ
ㄍ,ㄐ　g,j	居キョ，拘コウ	菊キク，局キョク
ㄎ,ㄑ　k,q	區ク，驅ク，屈クツ，曲キョク	
ㄏ,ㄒ　h,x	虛キョ	
φ　　　φ		魚ギョ，余ヨ，娛ゴ，愚ダ，漁ギョ，愉ユ

華　語	ㄩˇ	ㄩˋ
ㄅ　　b		
ㄆ　　p		
ㄇ　　m		
ㄈ　　f		
ㄉ　　d		
ㄊ　　t		

ㄋ	n	女ジョ、ニョ	
ㄌ	l	旅リョ	慮リョ，綠リョク、ロク，律リツ 率リツ
ㄓ	zh		
ㄔ	ch		
ㄕ	sh		
ㄖ	r		
ㄗ,ㄐ	z,j		
ㄘ,ㄑ	c,q	取シュ	趣シュ
ㄙ,ㄒ	s,x		序ジョ，緒ショ，畜チク， 蓄チク，婿セイ
ㄍ,ㄐ	g,j		劇ゲキ，句ク，據キョ，巨キョ 拒キョ，具グ，去キョ，コ
ㄎ,ㄑ	k,q		
ㄏ,ㄒ	h,x	許キョ	
φ	φ	語ゴ，予ョ，與ョ，宇ウ， 雨ウ，羽ウ	裕ユウ，御ゴ，ギョ，遇グウ， 譽ョ，預ョ，域イキ，獄ゴク， 玉ギョク，欲ョク，浴ョク， 育イク

華語		ㄚ	ㄚˊ
ㄅ	b		拔バツ
ㄆ	p		
ㄇ	m		麻マ
ㄈ	f	發ハツ、ホツ	乏ボウ，伐バツ，閥バツ，罰バツ
ㄉ	d	答トウ	達タツ
ㄊ	t	他タ	
ㄋ	n		
ㄌ	l		

虫 zh		札 サツ
彳 ch	差 サ	査 サ，茶 サ、チャ，察 サツ
ㄕ sh	砂 サ，殺 サツ	
ㄖ r		
ㄗ,ㄐ z,j		雜 ザツ
ㄘ,ㄑ c,q		
ㄙ,ㄒ s,x		
ㄍ,ㄐ g,j		
ㄎ,ㄑ k,q		
ㄏ,ㄒ h,x		
φ φ		

華　　語	ㄚˇ	ㄚˋ
ㄅ b		罷 ヒ
ㄆ p		
ㄇ m	馬 バ	
ㄈ f	法 ホウ，髮 ハツ	
ㄉ d	打 ダ	大 タイ、ダイ
ㄊ t	塔 トウ	踏 トウ
ㄋ n		納 ノウ
ㄌ l		
虫 zh		榨 サク，詐 サ
彳 ch		
ㄕ sh		
ㄖ r		
ㄗ,ㄐ z,j		
ㄘ,ㄑ c,q		
ㄙ,ㄒ s,x		
ㄍ,ㄐ g,j		

ㄎ,ㄑ k,q		
ㄏ,ㄒ h,x		
φ　　φ		

華　　語	ㄛ	ㄛˊ
ㄅ　　b	波ハ	伯ハク，薄ハク，博ハク
ㄆ　　p		婆バ
ㄇ　　m		模モ，ボ，摩マ，魔マ
ㄈ　　f		
ㄉ　　d		
ㄊ　　t		
ㄋ　　n		
ㄌ　　l		
ㄓ　　zh		
ㄔ　　ch		
ㄕ　　sh		
ㄖ　　r		
ㄗ,ㄐ z,j		
ㄘ,ㄑ c,q		
ㄙ,ㄒ s,x		
ㄍ,ㄐ g,j		
ㄎ,ㄑ k,q		
ㄏ,ㄒ h,x		
φ　　φ		

華　　語	ㄛˇ	ㄛˋ
ㄅ　　b		泊ハク，舶ハク
ㄆ　　p		迫ハク，破ハ

ㄇ	m		墨ボク，沒ボツ，末マツ，膜マク
ㄈ	f		
ㄉ	d		
ㄊ	t		
ㄋ	n		
ㄌ	l		
ㄓ	zh		
ㄔ	ch		
ㄕ	sh		
ㄖ	r		
ㄗ,ㄐ	z, j		
ㄘ,ㄑ	c, q		
ㄙ,ㄒ	s, x		
ㄍ,ㄐ	g, j		
ㄎ,ㄑ	k, q		
ㄏ,ㄒ	h, x		
φ	φ		

華	語	ㄜ	ㄜˊ
ㄅ	b		
ㄆ	p		
ㄇ	m		
ㄈ	f		
ㄉ	d		得トク，德トク
ㄊ	t		
ㄋ	n		
ㄌ	l		
ㄓ	zh		折セツ，哲テツ
ㄔ	ch	車シャ	

華語	さˇ	さˋ
ㄕ sh		舌セツ
ㄖ r		
ㄗ,ㄐ z,j		則ソク，責セキ
ㄘ,ㄑ c,q		沢タク，択タク
ㄙ,ㄒ s,x		
ㄍ,ㄐ g,j	歌カ，割カツ	閣カク，革カク，格カク，隔カク
ㄎ,ㄑ k,q	科カ，刻コク	殻カク
ㄏ,ㄒ h,x		合ゴウ、ガツ，効ガイ，核カク，何カ，和ワ，河カ，荷カ
φ φ		額ガク

華語	さˇ	さˋ
ㄅ b		
ㄆ p		
ㄇ m		
ㄈ f		
ㄉ d		
ㄊ t		特トク
ㄋ n		
ㄌ l		
ㄓ zh	者シャ	
ㄔ ch		徹テツ，撤テツ
ㄕ sh	捨シャ，舍シャ	渉ショウ，攝セツ，設セツ，赦シャ，射シャ，社シャ
ㄖ r		熱ネツ
ㄗ,ㄐ z,j		
ㄘ,ㄑ c,q		册サツ，側ソク，測ソク，策サク
ㄙ,ㄒ s,x		渉ジュウ，色シキ、ショク
ㄍ,ㄐ g,j		各カク，個コ

ㄎ,ㄑ k,q	渴カツ	客カク、キャク，課カ
ㄏ,ㄒ h,x		賀ガ，嚇カク
φ　φ		惡アク，餓ガ，厄ヤク

華　　語	ㄞ	ㄞˊ
ㄅ　b		白ハク、ビャク、ヒャク
ㄆ　p	拍ハク	排ハイ
ㄇ　m		埋マイ
ㄈ　f		
ㄉ　d		
ㄊ　t	胎タイ	台タイ、ダイ
ㄋ　n		
ㄌ　l		來ライ
ㄓ　zh	齋サイ，摘テキ	宅タク
ㄔ　ch		
ㄕ　sh		
ㄖ　r		
ㄗ,ㄐ z,j	災サイ，裁サイ	
ㄘ,ㄑ c,q		才サイ，材ザイ，財ザイ，裁サイ
ㄙ,ㄒ s,x		
ㄍ,ㄐ g,j	該ガイ	
ㄎ,ㄑ k,q	開カイ	
ㄏ,ㄒ h,x		
φ　φ	哀アイ	

華　　語	ㄞˇ	ㄞˊ
ㄅ　b		拜ハイ，敗ハイ
ㄆ　p		派ハ
ㄇ　m	買バイ	賣バイ，麥バク
ㄈ　f		

ㄉ	d	逮タイ	帶タイ，代ダイ、タイ，怠タイ，貸タイ，袋タイ，待タイ
ㄊ	t		耐タイ
ㄋ	n		
ㄌ	l		債サイ
ㄓ	zh		
彳	sh		
ㄕ	ch		
ㄖ	r		
ㄗ,ㄐ	z,j	宰サイ	再サイ，載サイ，在ザイ
ㄘ,ㄑ	c,q	彩サイ，採サイ	菜サイ
ㄙ,ㄒ	s,x		
ㄍ,ㄐ	g,j	改カイ	概ガイ
ㄎ,ㄑ	k,q	慨ガイ	
ㄏ,ㄒ	h,x	海カイ	害ガイ
φ	φ		愛アイ

華　　語		ㄟ	ㄟˊ
ㄅ	b	卑ヒ，悲ヒ，碑ヒ，杯ハイ	
ㄆ	p		培バイ，陪バイ，賠バイ
ㄇ	m		媒バイ，梅バイ，枚マイ
ㄈ	f	飛ヒ，妃ヒ，非ヒ	肥ヒ
ㄉ	d		
ㄊ	t		
ㄋ	n		
ㄌ	l		
ㄓ	zh		
彳	ch		
ㄕ	sh		
ㄖ	r		

華語			
ㄗ,ㄐ z,j			
ㄘ,ㄑ c,q			
ㄙ,ㄒ s,x			
ㄍ,ㄐ g,j			
ㄎ,ㄑ k,q			
ㄏ,ㄒ h,x	黑コク		
φ φ			

華語		ㄟˇ	ㄟˋ
ㄅ	b	北ホク	備ビ，被ヒ，輩ハイ，貝カイ 倍バイ，背ハイ
ㄆ	p		配ハイ
ㄇ	m	美ビ，每マイ	妹マイ，魅ミ
ㄈ	f		沸フツ，費ヒ，肺ハイ，廢ハイ
ㄉ	d		
ㄊ	t		
ㄋ	n		內ナイ，ダイ
ㄌ	l	壘ルイ	涙ルイ，累ルイ，類ルイ
ㄓ	zh		
ㄔ	ch		
ㄕ	sh		
ㄖ	r		
ㄗ,ㄐ	z,j		
ㄘ,ㄑ	c,q		
ㄙ,ㄒ	s,x		
ㄍ,ㄐ	g,j	給キュウ	
ㄎ,ㄑ	k,q		
ㄏ,ㄒ	h,x		
φ	φ		

華語		ㄠ	ㄠˊ
ㄅ	b	包ホウ，胞ホウ	
ㄆ	p		
ㄇ	m		矛ム，毛モウ
ㄈ	f		
ㄉ	d	刀トウ	
ㄊ	t		逃トウ，陶トウ
ㄋ	n		
ㄌ	l		勞ロウ
ㄓ	zh	招ショウ，昭ショウ	着チャク、ジャク
ㄔ	ch	抄ショウ，超チョウ	巢ソウ，朝チョウ，潮チョウ
ㄕ	sh	燒ショウ	勺シャク
ㄖ	r		
ㄗ,ㄐ	z,j	遭ソウ	
ㄘ,ㄑ	c,q	操ソウ	
ㄙ,ㄒ	s,x	騷ソウ	
ㄍ,ㄐ	g,j	高コウ	
ㄎ,ㄑ	k,q		
ㄏ,ㄒ	h,x		豪ゴウ
φ	φ	凹オウ	

華語		ㄠˇ	ㄠˋ
ㄅ	b	飽ホウ，保ホ，寶ホウ	爆バク，暴バク，抱ホウ，報ホウ
ㄆ	p		砲ホウ
ㄇ	m		帽ボウ，冒ボウ
ㄈ	f		
ㄉ	d	島トウ，導ドウ	到トウ，悼トウ，盜トウ，蹈トウ 道ドウ
ㄊ	t	討トウ	

ㄋ	n	惱ノウ，腦ノウ	
ㄌ	l	老ロウ	
ㄓ	zh	沼ショウ	照ショウ，詔ショウ，召ショウ，兆チョウ
ㄔ	ch		
ㄕ	sh	少ショウ	紹ショウ
ㄖ	r		
ㄗ,ㄐ	z,j	早ソウ	燥ソウ，造ゾウ
ㄘ,ㄑ	c,q	草ソウ	
ㄙ,ㄒ	s,x	掃ソウ	
ㄍ,ㄐ	g,j	稿コウ	告コク
ㄎ,ㄑ	k,q	烤ゴウ，考コウ	
ㄏ,ㄒ	h,x	好コウ	號ゴウ，好コウ，耗モウ
φ	φ		奧オク

華 語		ㄡ	ㄡˊ
ㄅ	b		
ㄆ	p		
ㄇ	m		謀ボウ
ㄈ	f		
ㄉ	d		
ㄊ	t		投トウ，頭トウ、ズ
ㄋ	n		
ㄌ	l		樓ロウ
ㄓ	zh	周ショウ，州シュウ，舟シュウ 週シュウ	軸ジク
ㄔ	ch	抽チュウ	愁シュウ，酬シュウ
ㄕ	sh	收シュウ	熟ジュウ
ㄖ	r		柔ニュウ，ジュウ

ㄗ,ㄐ z,j		
ㄘ,ㄑ c,q		
ㄙ,ㄒ s,x	捜ソウ	
ㄍ,ㄐ g,j		
ㄎ,ㄑ k,q		
ㄏ,ㄒ h,x		
φ φ	歐オウ，毆オウ	

華 語	ㄡˇ	ㄡˋ
ㄅ b		
ㄆ p	剖ボウ	
ㄇ m	某ボウ	
ㄈ f	否ヒ	
ㄉ d	斗ト	痘トウ，豆トウ，ズ
ㄊ t		透トウ
ㄋ n		
ㄌ l		漏ロウ
ㄓ zh		宙チュウ，晝チュウ
ㄔ ch	醜シュウ	臭シュウ
ㄕ sh	手シュ，守シュ，首シュ，狩シュ	獸ジュウ，受ジュ，授ジュ，壽ジュ
ㄖ r		肉ニク
ㄗ,ㄐ z,j	走ソウ	奏ソウ
ㄘ,ㄑ c,q		
ㄙ,ㄒ s,x		
ㄍ,ㄐ g,j		構コウ，購コウ
ㄎ,ㄑ k,q	口コウ、ク	
ㄏ,ㄒ h,x		厚コウ，候コウ，後コウ、ゴ，后コウ
φ φ	偶グウ	

華　語	ㄢ	ㄢˊ
ㄅ b	班ハン，頒ハン，搬ハン，般ハン	
ㄆ p		盤バン
ㄇ m		蠻バン
ㄈ f	番バン，翻ホン	帆ハン，藩ハン，凡ボン，煩ハン 繁ハン
ㄉ d	擔タン，丹タン，單タン	
ㄊ t		談ダン，彈ダン，壇ダン
ㄋ n		南ナン，男ナン、ダン，難ナン
ㄌ l		
ㄓ zh		
ㄔ ch		
ㄕ sh	山サン	
ㄖ r		然ネン，燃ネン
ㄗ,ㄐ z,j		
ㄘ,ㄑ c,q	參サン	蚕サン，殘ザン
ㄙ,ㄒ s,x	三サン	
ㄍ,ㄐ g,j	甘カン，干カン，肝カン	
ㄎ,ㄑ k,q	勘カン，堪カン，刊カン，看カン	
ㄏ,ㄒ h,x		含ガン，寒カン
φ　φ		

華　語	ㄢˇ	ㄢˋ
ㄅ b	坂ハン，板ハン，版ハン	伴ハン、バン，半ハン
ㄆ p		判ハン
ㄇ m	滿マン	慢マン，漫マン
ㄈ f	反ハン，返ヘン	販ハン，犯ハン，範ハン，飯ハン
ㄉ d	膽タン	擔タン，淡タン，誕タン
ㄊ t		探タン，嘆タン，炭タン

華語			
ㄋ	n		難ナン
ㄌ	l	覽ラン	濫ラン，爛ラン
ㄓ	zh	展テン	棧サン，占セン，暫ザン，戰セン
ㄔ	ch	產サン	
ㄕ	sh		扇セン
ㄖ	r	染セン	
ㄗ,ㄐ	z,j		贊サン
ㄘ,ㄑ	c,q	慘サン	
ㄙ,ㄒ	s,x	傘サン，散サン	散サン
ㄍ,ㄐ	g,j	感カン，敢カン	幹カン
ㄎ,ㄑ	k,q		看カン
ㄏ,ㄒ	h,x		漢カン，汗カン，撼カン
φ	φ		暗アン，案アン，岸ガン

華語		ㄣ	ㄣˊ
ㄅ	b	奔ホン	
ㄆ	p	噴フン	盆ボン
ㄇ	m		門モン
ㄈ	f	紛フン，分フン、ブン、ブ	墳フン
ㄉ	d		
ㄊ	t		
ㄋ	n		
ㄌ	l		
ㄓ	zh	偵テイ，貞テイ，針シン，珍チン，眞シン	
ㄔ	ch		臣シン，陳チン
ㄕ	sh	伸シン，申シン，紳シン，身シン，深シン	神シン、ジン
ㄖ	r		任ニン，人ニン、ジン

ア,ㄐ z,j		
ㄘ,ㄑ c,q		
ㄙ,ㄒ s,x	森 シン	
ㄍ,ㄐ g,j		
ㄎ,ㄑ k,q		
ㄏ,ㄒ h,x		
φ	恩 オン	

華　　語	ㄣ˘	ㄣˋ
ㄅ b	本 ホン	
ㄆ p		
ㄇ m		
ㄈ f	粉 フン	奮 フン，憤 フン，分 フン、ブン、ブ
ㄉ d		
ㄊ t		
ㄋ n		
ㄌ l		
ㄓ zh	診 シン	振 シン，震 シン，鎮 チン，陣 チン
ㄔ ch		
ㄕ sh	審 シン，沈 チン	愼 シン，甚 ジン
ㄖ r	忍 ニン	任 ニン，認 ニン，賃 チン，刄 ジン
ㄗ,ㄐ z,j		
ㄘ,ㄑ c,q		
ㄙ,ㄒ s,x		
ㄍ,ㄐ g,j		
ㄎ,ㄑ k,q	墾 コン，懇 コン	
ㄏ,ㄒ h,x		恨 コン
φ　φ		

華　語		ㄤ	ㄤ′
ㄅ	b	邦ホウ	
ㄆ	p		傍ボウ
ㄇ	m		忙ボウ，盲モウ
ㄈ	f	芳ホウ，方ホウ	房ボウ，坊ボウ，妨ボウ，防ボウ，肪ボウ
ㄉ	d	當トウ	
ㄊ	t		唐トウ，堂ドウ
ㄋ	n		
ㄌ	l		郎ロウ，廊ロウ
ㄓ	zh	張チョウ，彰ショウ，章ショウ	
ㄔ	ch		腸チョウ，長チョウ，場ジョウ，償ショウ，常ジョウ
ㄕ	sh	傷ショウ，商ショウ	
ㄖ	r		
ㄗ,ㄐ	z,j		
ㄘ,ㄑ	c,q	倉ソウ	
ㄙ,ㄒ	s,x	桑ソウ，喪ソウ	
ㄍ,ㄐ	g,j	鋼コウ，剛ゴウ	
ㄎ,ㄑ	k,q	康コウ	
ㄏ,ㄒ	h,x		航コウ
φ	φ		

華　語		ㄤˇ	ㄤˋ
ㄅ	b		棒ボウ，傍ボウ
ㄆ	p		
ㄇ	m		
ㄈ	f	倣ホウ，訪ホウ，紡ボウ	放ホウ
ㄉ	d	黨トウ	當トウ

		ㄙ (first tone)	ㄙˊ (second tone)
ㄊ	t		
ㄋ	n		
ㄌ	l		
ㄓ	zh	掌ショウ	障ショウ，賬チョウ，帳チョウ，丈ジョウ
ㄔ	ch		唱ショウ，帳チョウ
ㄕ	sh	賞ショウ	上ジョウ、ショウ，尚ショウ
ㄖ	r		讓ジョウ
ㄗ,ㄐ	z,j		臟ゾウ，藏ゾウ，葬ソウ
ㄘ,ㄑ	c,q		
ㄙ,ㄒ	s,x		喪ソウ
ㄍ,ㄐ	g,j	港コウ	
ㄎ,ㄑ	k,q		杭コウ
ㄏ,ㄒ	h,x		
φ	φ		

華 語		ㄥ	ㄥˊ
ㄅ	b	崩ホウ	
ㄆ	p		
ㄇ	m		盟メイ
ㄈ	f	風フウ，封フウ、ホウ，峰ホウ 豐ホウ	縫ホウ
ㄉ	d	燈トウ，登トウ	
ㄊ	t		謄トウ，騰トウ
ㄋ	n		能ノウ
ㄌ	l		
ㄓ	zh	征セイ，爭ソウ，蒸ジョウ 正セイ、ショウ	
ㄔ	ch	稱ショウ	乘ジョウ，成セイ、ジョウ

華 語		ㄥˊ	ㄥˋ
			承ショウ，誠セイ，城ジョウ 澄チョウ，程テイ，呈テイ
ㄕ	sh	生セイ、ショウ，牲セイ， 勝ショウ，升ショウ，昇ショウ 聲セイ	
ㄖ	r		
ㄗ,ㄐ	z,j	曾ゾウ，憎ゾウ	
ㄘ,ㄑ	c,q		層ソウ，曾ゾウ
ㄙ,ㄒ	s,x	僧ソウ	
ㄍ,ㄐ	g,j	更コウ，耕コウ	
ㄎ,ㄑ	k,q	坑コウ	
ㄏ,ㄒ	h,x		恆コウ，横オウ
φ	φ		

華 語		ㄥˇ	ㄥˋ
ㄅ	b		
ㄆ	p		
ㄇ	m	猛モウ	夢ム
ㄈ	f		俸ホウ，奉ホウ，縫ホウ
ㄉ	d	等トウ	
ㄊ	t		
ㄋ	n		
ㄌ	l	冷レイ	
ㄓ	zh	整セイ	正ショウ、セイ，政ショウ、セイ 症ショウ，證ショウ
ㄔ	ch		稱ショウ
ㄕ	sh		勝ショウ，聖セイ，剩ジョウ 盛セイ、ジョウ
ㄖ	r		

		贈 ゾウ
ㄗ,ㄐ z,j		贈 ゾウ
ㄘ,ㄑ c,q		
ㄙ,ㄒ s,x		
ㄍ,ㄐ g,j		更 コウ
ㄎ,ㄑ k,q		
ㄏ,ㄒ h,x		
φ　　φ		

華　　語	一ㄚ	一ㄚˊ
ㄅ　b		
ㄆ　p		
ㄇ　m		
ㄈ　f		
ㄉ　d		
ㄊ　t		
ㄋ　n		
ㄌ　l		
ㄓ　zh		
ㄔ　ch		
ㄕ　sh		
ㄖ　r		
ㄗ,ㄐ z,j		
ㄘ,ㄑ c,q		
ㄙ,ㄒ s,x		
ㄍ,ㄐ g,j	佳ヵ，加ヵ，家ヵ	
ㄎ,ㄑ k,q		
ㄏ,ㄒ h,x		峽キョウ，轄カツ，暇ヵ
φ　　φ	壓アツ，押オウ	芽ガ

華　　語	一Y ˇ	一Y ˋ
ㄅ　　b		
ㄆ　　p		
ㄇ　　m		
ㄈ　　f		
ㄉ　　d		
ㄊ　　t		
ㄋ　　n		
ㄌ　　l		
ㄓ　　zh		
ㄔ　　ch		
ㄕ　　sh		
ㄖ　　r		
ㄗ,ㄐ z,j		
ㄘ,ㄑ c,q		
ㄙ,ㄒ s,x		
ㄍ,ㄐ g,j	假ヵ，甲コウ	價ヵ，架ヵ，嫁ヵ
ㄎ,ㄑ k,q		
ㄏ,ㄒ h,x		下ヵ丶ゲ，夏ヵ丶ゲ
φ　　φ	雅ガ，亞ア	亞ア

華　　語	一せ	一せ ˊ
ㄅ　　b		別ベツ
ㄆ　　p		
ㄇ　　m		
ㄈ　　f		
ㄉ　　d		疊ジョウ，迭テツ
ㄊ　　t		
ㄋ　　n		

華　語		
ㄌ l		
ㄓ zh		
ㄔ ch		
ㄕ sh		
ㄖ r		
ㄗ,ㄐ z,j	接セツ	節セツ
ㄘ,ㄑ c,q	切セツ	
ㄙ,ㄒ s,x		斜シャ，邪ジャ
ㄍ,ㄐ g,j	掲ケイ，皆カイ，階カイ	結ケツ，詰キツ，傑ケツ
q	街カイ、ガイ	潔ケツ
ㄎ,ㄑ k,q		
ㄏ,ㄒ h,x		協キョウ，脅キョウ
φ φ		

華　語	ー ㄝ˅	ー ㄝˋ
ㄅ b		
ㄆ p		
ㄇ m		滅メツ
ㄈ f		
ㄉ d		
ㄊ t	鐵テツ	
ㄋ n		
ㄌ l		獵リョウ，列レツ，劣レツ 裂レツ，烈レツ
ㄓ zh		
ㄔ ch		
ㄕ sh		
ㄖ r		
ㄗ,ㄐ z,j		借シャク

ㄘ,ㄑ c,q		竊セツ，切サイ
ㄙ,ㄒ s,x	寫シャ，血ケツ	謝シャ
ㄍ,ㄐ g,j	解カイ、ゲ	介カイ，界カイ，戒カイ
ㄎ,ㄑ k,q		
ㄏ,ㄒ h,x		械カイ
φ φ	野ヤ	液エキ，夜ヤ，謁エツ 業ギョウ、ゴウ，葉ヨウ

華　語	一ㄠ	一ㄠˊ
ㄅ b	標ヒョウ	
ㄆ p	漂ヒョウ	
ㄇ m		描ビョウ，苗ビョウ
ㄈ f		
ㄉ d	彫チョウ	
ㄊ t	桃チョウ	條ジョウ，調チョウ
ㄋ n		
ㄌ l		寮リョウ，僚リョウ，療リョウ
ㄓ zh		
ㄔ ch		
ㄕ sh		
ㄖ r		
ㄗ,ㄐ z,j	焦ショウ，礁ショウ	
ㄘ,ㄑ c,q		
ㄙ,ㄒ s,x	宵ショウ，消ショウ，硝ショウ 削シャク，蕭シュク	
ㄍ,ㄐ g,j	教キョウ，交コウ，郊コウ	
ㄎ,ㄑ k,q		橋キョウ
ㄏ,ㄒ h,x		
φ φ	腰ヨウ，要ヨウ	搖ヨウ，謠ヨウ，窯ヨウ

華　　語	一ㄠˇ	一ㄠˋ
ㄅ　b	表ヒョウ	
ㄆ　p		票ヒョウ
ㄇ　m	秒ビョウ	妙ミョウ
ㄈ　f		
ㄉ　d		弔チョウ，調チョウ
ㄊ　t		跳チョウ
ㄋ　n	鳥チョウ	尿ニョウ
ㄌ　l	了リョウ	廖リョウ，料リョウ
ㄓ　zh		
ㄔ　ch		
ㄕ　sh		
ㄖ　r		
ㄗ,ㄐ z,j		
ㄘ,ㄑ c,q		
ㄙ,ㄒ s,x	小ショウ	肖ショウ，笑ショウ
ㄍ,ㄐ g,j	絞コウ，脚キャク，矯キョウ 角カク	叫キョウ，教キョウ，較カク 覺カク
ㄎ,ㄑ k,q	巧コウ	
ㄏ,ㄒ h,x	曉ギョウ	孝コウ，酵コウ，效コウ，校コウ
φ　φ		藥ヤク，要ヨウ，曜ヨウ

華　　語	一ㄡ	一ㄡˊ
ㄅ　b		
ㄆ　p		
ㄇ　m		
ㄈ　f		
ㄉ　d		
ㄊ　t		

ㄋ n		牛 ニュウ
ㄌ l		流ル、リュウ，留ル、リュウ
ㄓ zh		
ㄔ ch		
ㄕ sh		
ㄖ r		
ㄗ,ㄐ z,j		
ㄘ,ㄑ c,q	秋シュウ	囚シュウ
ㄙ,ㄒ s,x	修シュウ	
ㄍ,ㄐ g,j		
ㄎ,ㄑ k,q	丘キュウ	求キュウ，球キュウ
ㄏ,ㄒ h,x	休キュウ	
φ φ	優ユウ，憂ユウ，幽ユウ 悠ユウ	油ユ，遊ユウ、ユ，郵ユウ 猶ユウ，由ユウ、ユ、ユイ

華　語	ㄧㄡˇ	ㄧㄡˋ
ㄅ b		
ㄆ p		
ㄇ m		
ㄈ f		
ㄉ d		
ㄊ t		
ㄋ n		
ㄌ l	柳リュウ	六ロク
ㄓ zh		
ㄔ ch		
ㄕ sh		
ㄖ r		
ㄗ,ㄐ z,j	酒シュ	就シュウ、ジュ
ㄘ,ㄑ c,q		

ム,ㄒ s,x		秀シュウ
《,ㄐ g,j	九キュウ、ク，久キュウ、ク 糾キュウ	救キュウ，究キュウ，舊キュウ
ㄎ,ㄑ k,q		
厂,ㄒ h,x	朽キュウ	
φ φ	友ユウ，有ユウ	幼ヨウ，誘ユウ，右ユウ、ウ

華　語	一ㄢ	一ㄢˊ
ㄅ b	邊ヘン，編ヘン	
ㄆ p	偏ヘン	
ㄇ m		綿メン
ㄈ f		
ㄉ d		
ㄊ t	天テン，添テン	田デン
ㄋ n		年ネン，粘ネン
ㄌ l		廉レン，連レン
ㄓ zh		
ㄔ ch		
ㄕ sh		
ㄖ r		
ㄗ,ㄐ z,j		
ㄘ,ㄑ c,q	遷セン，千セン	錢セン，潛セン，前ゼン
ム,ㄒ s,x	纖セン，先セン，鮮セン	
《,ㄐ g,j	監カン，間カン，兼ケン 堅ケン，肩ケン	
ㄎ,ㄑ k,q	謙ケン，鉛エン	乾カン
厂,ㄒ h,x	・	賢ケン，弦ゲン，閑カン
φ φ	煙エン	研ケン，嚴ゲン，岩ガン，顏ガン 鹽エン，炎エン，延エン，言ゲン 沿エン

華　語	一ㄢˇ	一ㄢˋ
ㄅ　b		變ヘン，遍ヘン，便ベン，辯ベン
ㄆ　p		片ヘン
ㄇ　m	免メン，勉ベン	面メン
ㄈ　f		
ㄉ　d	點テン，典テン	店テン，殿デン，電デン
ㄊ　t		
ㄋ　n		念ネン
ㄌ　l		練レン，鍊レン，戀レン
ㄓ　zh		
ㄔ　ch		
ㄕ　sh		
ㄖ　r		
ㄗ,ㄐ z,j		薦セン，踐セン
ㄘ,ㄑ c,q	淺セン	
ㄙ,ㄒ s,x		線セン
ㄍ,ㄐ g,j	簡カン，減ゲン，儉ケン，繭ケン	鑑カン，監カン，艦カン，間カン、ケン，件ケン，健ケン，劍ケン 建ケン，見ケン
ㄎ,ㄑ k,q	遣ケン	
ㄏ,ㄒ h,x	顯ケン，險ケン	憲ケン，獻ケン，現ゲン，陷カン 限ゲン，縣ケン
φ　φ	眼ガン	驗ケン

華　語	一ㄣ	一ㄣˊ
ㄅ　b	賓ヒン，浜ヒン	
ㄆ　p		貧ヒン、ビン
ㄇ　m		民ミン
ㄈ　f		

華語		
ㄉ d		
ㄊ t		
ㄋ n		
ㄌ l		臨リン，鄰リン
ㄓ zh		
ㄔ ch		
ㄕ sh		
ㄖ r		
ㄗ,ㄐ z,j	津シン	
ㄘ,ㄑ c,q	侵シン，親シン	
ㄙ,ㄒ s,x	心シン，新シン，辛シン，薪シン	
ㄍ,ㄐ g,j	今キン、コン，禁キン，金キン、コン，筋キン	
ㄎ,ㄑ k,q		琴キン，勤キン、ゴン
ㄏ,ㄒ h,x		
φ φ	陰イン，音オン、イン，因イン 姻イン	吟ギン

華　語	一ㄣˇ	一ㄣˋ
ㄅ b		
ㄆ p	品ヒン	
ㄇ m	敏ビン	
ㄈ f		
ㄉ d		
ㄊ t		
ㄋ n		
ㄌ l		
ㄓ zh		
ㄔ ch		

華語		
ㄕ sh		
ㄖ r		
ㄗ,ㄐ z,j		浸シン，進シン
ㄘ,ㄑ c,q	寝シン	
ㄙ,ㄒ s,x		信シン
ㄍ,ㄐ g,j	緊キン，謹キン	禁キン，近キン
ㄎ,ㄑ k,q		
ㄏ,ㄒ h,x		
φ φ	飲イン，引イン，隱イン	印イン

華語	一尢	一尢´
ㄅ b		
ㄆ p		
ㄇ m		
ㄈ f		
ㄉ d		
ㄊ t		
ㄋ n		孃ジョウ
ㄌ l		良リョウ，糧リョウ
ㄓ zh		
ㄔ ch		
ㄕ sh		
ㄖ r		
ㄗ,ㄐ z,j	將ショウ	
ㄘ,ㄑ c,q		
ㄙ,ㄒ s,x	相ショウ、ソウ	祥ショウ，詳ショウ，降コウ
ㄍ,ㄐ g,j	江コウ	
ㄎ,ㄑ k,q		強ゴウ、キョウ
ㄏ,ㄒ h,x	郷ゴウ、キョウ，香コウ	
φ φ	央オウ	揚ヨウ，陽ヨウ，洋ヨウ，羊ヨウ

華　語	一尢ˇ	一尢ˋ
ㄅ b		
ㄆ p		
ㄇ m		
ㄈ f		
ㄉ d		
ㄊ t		
ㄋ n		
ㄌ l	兩 リョウ	
ㄓ zh		
ㄔ ch		
ㄕ sh		
ㄖ r		
ㄗ,ㄐ z,j		將 ショウ，匠 ショウ
ㄘ,ㄑ c,q		
ㄙ,ㄒ s,x	想 ソウ	相 ソウ、ショウ，像 ゾウ 象 ゾウ、ショウ
ㄍ,ㄐ g,j	講 コウ	
ㄎ,ㄑ k,q		
ㄏ,ㄒ h,x	響 キョウ，享 キョウ	項 コウ，向 コウ
φ φ	仰 コウ、ギョウ，養 ヨウ	樣 ヨウ

華　語	一ㄥ	一ㄥˊ
ㄅ b	兵 ヘイ，冰 ヒョウ	
ㄆ p		評 ヒョウ，平 ヘイ、ビョウ
ㄇ m		名 メイ、ミョウ，明 メイ、ミョウ 銘 メイ，鳴 メイ
ㄈ f		
ㄉ d	丁 テイ、チョウ	

		ㄧㄥˇ	ㄧㄥˋ
ㄊ	t	聽チョウ	亭テイ，庭テイ，廷テイ
ㄋ	n		寧ネイ，凝ギョウ
ㄌ	l		零レイ，齡レイ，鈴レイ
ㄓ	zh		陵レイ，靈レイ
ㄔ	ch		
ㄕ	sh		
ㄖ	r		
ㄗ,ㄐ	z,j	晶ショウ，精セイ	
ㄘ,ㄑ	c,q	青セイ，清セイ	情ジョウ，晴セイ
ㄙ,ㄒ	s,x	星セイ、ショウ	
《,ㄐ	g,j	京キョウ、ケイ，經ケイ，莖ケイ　驚キョウ，鯨ゲイ	
ㄎ,ㄑ	k,q	傾ケイ，輕ケイ	
ㄏ,ㄒ	h,x	興キョウ、コウ	形ケイ、ギョウ，型ケイ，刑ケイ　行コウ、ギョウ、アン
φ	φ	應オウ，櫻オウ，英エイ	迎ゲイ，營エイ

華　　語	ㄧㄥˇ	ㄧㄥˋ
ㄅ　b	丙ヘイ，柄ヘイ	並ヘイ，病ビョウ，併ヘイ
ㄆ　p		
ㄇ　m		命メイ、ミョウ
ㄈ　f		
ㄉ　d	頂チョウ	訂テイ，定テイ
ㄊ　t	綻テイ，町チョウ	
ㄋ　n		
ㄌ　l	領リョウ	令レイ
ㄓ　zh		
ㄔ　ch		
ㄕ　sh		

口 r		
ㄗ,ㄐ z,j	井セイ、ショウ	淨ジョウ，靜セイ、ジョウ
ㄘ,ㄑ c,q	請セイ、シン	
ㄙ,ㄒ s,x	省セイ、ショウ	姓セイ、ショウ，性セイ、ショウ
ㄍ,ㄐ g,j	景ケイ，警ケイ，境ケイ、キョウ	徑ケイ、キョウ，敬ケイ，境ケイ、キョウ，競ケイ、キョウ
ㄎ,ㄑ k,q		鏡キョウ，慶ケイ
ㄏ,ㄒ h,x		興コウ、キョウ，幸コウ，行コウ、ギョウ、アン
φ φ	影エイ	硬コウ，應オウ，映エイ

華　　語	ㄨㄚ	ㄨㄚˊ
ㄅ b		
ㄆ p		
ㄇ m		
ㄈ f		
ㄉ d		
ㄊ t		
ㄋ n		
ㄌ j		
ㄓ zh		
ㄔ ch		
ㄕ sh	刷サツ	
口 r		
ㄗ,ㄐ z,j		
ㄘ,ㄑ c,q		
ㄙ,ㄒ s,x		
ㄍ,ㄐ g,j	括カツ	
ㄎ,ㄑ k,q	誇コ	

厂,ㄒ h,x	花カ	滑カツ，華カ
∅　　∅		

華　　語	ㄨㄚˇ	ㄨㄚˋ
ㄅ　　b		
ㄆ　　p		
ㄇ　　m		
ㄈ　　f		
ㄉ　　d		
ㄊ　　t		
ㄋ　　n		
ㄌ　　l		
ㄓ　　zh		
ㄔ　　ch		
ㄕ　　sh		
ㄖ　　r		
ㄗ,ㄐ z,j		
ㄘ,ㄑ c,q		
ㄙ,ㄒ s,x		
ㄍ,ㄐ g,j	寡カ	
ㄎ,ㄑ k,q		
厂,ㄒ h,x		畫カク、ガ、化カ、ゲ、話ワ
∅　　∅		

華　　語	ㄨㄛ	ㄨㄛˊ
ㄅ　　b		
ㄆ　　p		
ㄇ　　m		
ㄈ　　f		

ㄉ	d	多タ	
ㄊ	t	脱ダツ，託タク	
ㄋ	n		
ㄌ	l		
ㄓ	zh	卓タク	酌シャク，拙セツ，濁ダク 濯タク，卓タク
ㄔ	ch		
ㄕ	sh	説セツ	
ㄖ	r		
ㄗ,ㄐ	z,j		昨サク
ㄘ,ㄑ	c,q		
ㄙ,ㄒ	s,x	唆サ	
ㄍ,ㄐ	g,j	郭カク	國コク
ㄎ,ㄑ	k,q		
ㄏ,ㄒ	h,x		活カツ
φ	φ		

華　語		ㄨㄛˇ	ㄨㄛˋ
ㄅ	b		
ㄆ	p		
ㄇ	m		
ㄈ	f		
ㄉ	d	妥ダ	惰ダ
ㄊ	t		
ㄋ	n		諾ダク
ㄌ	l	裸ラ	落ラク，酪ラク，絡ラク
ㄓ	zh		
ㄔ	ch		
ㄕ	sh		

日 r		若ジャク、ニャク
ㄗ,ㄐ z,j	左サ，佐サ	作サ，座ザ
ㄘ,ㄑ c,q		措ソ，錯サク
ㄙ,ㄒ s,x	鎖サ，所ショ，索サク	
ㄍ,ㄐ g,j	果カ，菓カ	過カ
ㄎ,ㄑ k,q		
ㄏ,ㄒ h,x	火カ	貨カ，禍カ，惑ワク，獲カク 穫カク
φ φ	我ガ	掘アク

華　　語	ㄨ ㄞ	ㄨ ㄞ´
ㄅ b		
ㄆ p		
ㄇ m		
ㄈ f		
ㄉ d		
ㄊ t		
ㄋ n		
ㄌ l		
ㄓ zh		
ㄔ ch		
ㄕ sh	衰スイ	
日 r		
ㄗ,ㄐ z,j		
ㄘ,ㄑ c,q		
ㄙ,ㄒ s,x		
ㄍ,ㄐ g,j		
ㄎ,ㄑ k,q		
ㄏ,ㄒ h,x		
φ　φ		

華　語	ㄨㄞˇ	ㄨㄞˋ
ㄅ b		
ㄆ p		
ㄇ m		
ㄈ f		
ㄉ d		
ㄊ t		
ㄋ n		
ㄌ l		
ㄓ zh		
ㄔ ch		
ㄕ sh		帥 スイ′ 率 ソツ、リツ
ㄖ r		
ㄗ,ㄐ z,j		
ㄘ,ㄑ c,q		
ㄙ,ㄒ s,x		
ㄍ,ㄐ g,j		怪 カイ
ㄎ,ㄑ k,q		塊 カイ，快 カイ，會 カイ、エ
ㄏ,ㄒ h,x		壞 カイ
φ φ		外 ガイ

華　語	ㄨㄟ	ㄨㄟˊ
ㄅ b		
ㄆ p		
ㄇ m		
ㄈ f		
ㄉ d		
ㄊ t	推 スイ	
ㄋ n		

ㄌ l		
ㄓ zh	追ツイ	
ㄔ ch	炊スイ，吹スイ	垂スイ
ㄕ sh		
ㄖ r		
ㄗ,ㄐ z,j		
ㄘ,ㄑ c,q	催サイ	
ㄙ,ㄒ s,x		隨ズイ
ㄍ,ㄐ g,j	歸キ，規キ	
ㄎ,ㄑ k,q		
ㄏ,ㄒ h,x	灰カイ，揮キ，輝キ	回カイ、エ
φ φ	威イ	微ビ，危キ，圍イ，爲イ 違イ，維イ

華　語	ㄨㄟˇ	ㄨㄟˋ
ㄅ b		
ㄆ p		
ㄇ m		
ㄈ f		
ㄉ d		
ㄊ t		
ㄋ n		
ㄌ l		
ㄓ zh		
ㄔ ch		
ㄕ sh	水スイ	
ㄖ r		
ㄗ,ㄐ z,j		
ㄘ,ㄑ c,q		

ㄙ,ㄒ s,x	髓ズイ	
ㄍ,ㄐ g,j	軌キ，鬼キ	
ㄎ,ㄑ k,q		
ㄏ,ㄒ h,x	悔カイ	
φ φ	偉イ，委イ，緯イ，尾ビ	衛エイ，尉イ，慰イ，未ミ 味ミ，僞ギ，位イ，胃イ 爲イ

華 語	ㄨㄢ	ㄨㄢˊ
ㄅ b		
ㄆ p		
ㄇ m		
ㄈ f		
ㄉ d	端タン	
ㄊ t		團ダン
ㄋ n		
ㄌ l		
ㄓ zh	專セン	
ㄔ ch	川セン	船セン，傳デン
ㄕ sh		
ㄖ r		
ㄗ,ㄐ z,j		
ㄘ,ㄑ c,q		
ㄙ,ㄒ s,x	酸サン	
ㄍ,ㄐ g,j	棺カン，關カン，冠カン 觀カン，官カン	
ㄎ,ㄑ k,q	寬カン	
ㄏ,ㄒ h,x	歡カン	還カン，環カン
φ φ	灣ワン	丸ガン，完カン

華　　語	ㄨㄢˇ	ㄨㄢˋ
ㄅ　b		
ㄆ　p		
ㄇ　m		
ㄈ　f		
ㄉ　d	短タン	斷ダン，段ダン，鍛タン
ㄊ　t		
ㄋ　n	暖ダン	
ㄌ　l	卵ラン	亂ラン
ㄓ　zh	轉テン	傳デン
ㄔ　ch		
ㄕ　sh		
ㄖ　r	軟ナン	
ㄗ,ㄐ z,j		
ㄘ,ㄑ c,q		
ㄙ,ㄒ s,x		算サン
ㄍ,ㄐ g,j	管カン，館カン	慣カン，貫カン，冠カン
ㄎ,ㄑ k,q	款カン	
ㄏ,ㄒ h,x	緩カン	換カン，喚カン，幻ゲン，患カン
φ　φ	晚バン	腕ワン，萬バン、マン

華　　語	ㄨㄣ	ㄨㄣˊ
ㄅ　b		
ㄆ　p		
ㄇ　m		
ㄈ　f		
ㄉ　d		
ㄊ　t		豚トン
ㄋ　n		

華語		ㄨㄣˇ	ㄨㄣˋ
ㄌ	l		倫リン，論ロン，輪リン
ㄓ	zh		
ㄔ	ch	春シュン	純ジュン，唇シン
ㄕ	sh		
ㄖ	r		
ㄗ,ㄐ	z,j	尊ソン，遵ジュン	
ㄘ,ㄑ	c,q	村ソン	存ソン
ㄙ,ㄒ	s,x	孫ソン	
ㄍ,ㄐ	g,j		
ㄎ,ㄑ	k,q		
ㄏ,ㄒ	h,x	婚コン	魂コン
φ	φ	溫オン	文ブン、モン，紋モン，聞ブン 蚊カ

華語		ㄨㄣˇ	ㄨㄣˋ
ㄅ	b		
ㄆ	p		
ㄇ	m		
ㄈ	f		
ㄉ	d		盾ジュン，鈍ドン
ㄊ	t		
ㄋ	n		
ㄌ	l		論ロン
ㄓ	zh	准ジュン，準ジュン	
ㄔ	ch		
ㄕ	sh		瞬シュン，順ジュン
ㄖ	r		潤ジュン
ㄗ,ㄐ	z,j		
ㄘ,ㄑ	c,q		寸スン

ム,ㄒ s,x	損ソン	
《,ㄐ g,j		
ㄎ,ㄑ k,q		困コン
ㄏ,ㄒ h,x		混コン
φ　φ	穩オン	問モン

華　語	ㄨㄤ	ㄨㄤˊ
ㄅ b		
ㄆ p		
ㄇ m		
ㄈ f		
ㄉ d		
ㄊ t		
ㄋ n		
ㄌ l		
ㄓ zh	粧ショウ，莊ソウ	
ㄔ ch	窓ソウ，創ソウ	床ショウ
ㄕ sh	雙ソウ，霜ソウ	
ㄖ r		
ㄗ,ㄐ z,j		
ㄘ,ㄑ c,q		
ム,ㄒ s,x		
《,ㄐ g,j	光コウ	
ㄎ,ㄑ k,q		狂キョウ
ㄏ,ㄒ h,x	荒コウ，慌コウ	黄オウ、コウ，皇コウ、オウ
φ　φ		亡ボウ，王オウ

華　語	ㄨㄤˇ	ㄨㄤˋ
ㄅ　b		
ㄆ　p		
ㄇ　m		
ㄈ　f		
ㄉ　d		
ㄊ　t		
ㄋ　n		
ㄌ　l		
ㄓ　zh		壯ソウ，狀ジョウ
ㄔ　ch		創ソウ
ㄕ　sh		
ㄖ　r		
ㄗ,ㄐ z,j		
ㄘ,ㄑ c,q		
ㄙ,ㄒ s,x		
ㄍ,ㄐ g,j	廣コウ	
ㄎ,ㄑ k,q		況キョウ
ㄏ,ㄒ h,x		
φ　　φ	往オウ，網モウ	忘ボウ，望ボウ、モウ

華　語	ㄨㄥ	ㄨㄥˊ
ㄅ　b		
ㄆ　p		
ㄇ　m		
ㄈ　f		
ㄉ　d	冬トウ，東トウ	
ㄊ　t	通ツウ	同ドウ，銅ドウ，童ドウ
ㄋ　n		農ノウ，濃ノウ

華語	ㄨㄥˇ	ㄨㄥˋ
ㄌ l		隆リュウ，龍リュウ
ㄓ zh	中チョウ，忠チュウ，衷チュウ 終シュウ，鐘ショウ	
ㄔ ch	充ジュウ，衝ショウ	蟲チュウ，重ジュウ、チョウ 崇スウ
ㄕ sh		
ㄖ r		榮エイ，融ユウ，容ヨウ，溶ヨウ
ㄗ,ㄐ z,j	宗シュウ，縱ジュウ	
ㄘ,ㄑ c,q		從ジュウ
ㄙ,ㄒ s,x	松ショウ	
ㄍ,ㄐ g,j	公コウ、ク，工コウ、ク 宮キュウ，弓キュウ，供キョウ 恭キョウ，功コウ、ク，攻コウ	
ㄎ,ㄑ k,q	空クウ	
ㄏ,ㄒ h,x		洪コウ，紅コウ、ク
φ φ	翁オウ	

華語	ㄨㄥˇ	ㄨㄥˋ
ㄅ b		
ㄆ p		
ㄇ m		
ㄈ f		
ㄉ d		凍トウ，動ドウ
ㄊ t	統トウ，筒トウ	通ツウ
ㄋ n		
ㄌ l		
ㄓ zh	種シュ	中チュウ，仲チュウ
ㄔ ch		重ジュウ，種シュ，衆シュウ、シュ
ㄕ sh		

回 r		
ㄗ,ㄐ z,j	總ソウ	
ㄘ,ㄑ c,q		
ㄙ,ㄒ s,x		送ソウ，訟ショウ
ㄍ,ㄐ g,j		共キョウ，供キョウ、ク，貢コウ
ㄎ,ㄑ k,q	恐キョウ，孔コウ	空クウ，控コウ
ㄏ,ㄒ h,x		
φ φ		

華　語	ㄩㄝ	ㄩㄝˊ
ㄅ b		
ㄆ p		
ㄇ m		
ㄈ f		
ㄉ d		
ㄊ t		
ㄋ n		
ㄌ l		
ㄓ zh		
ㄔ ch		
ㄕ sh		
回 r		
ㄗ,ㄐ z,j		爵シャク，絕ゼツ
ㄘ,ㄑ c,q	缺ケツ	
ㄙ,ㄒ s,x		
ㄍ,ㄐ g,j		掘クツ，決ケツ，覺カク，角カク
ㄎ,ㄑ k,q		
ㄏ,ㄒ h,x		學ガク
φ φ	約カク	

華　　語	ㄩㄝˇ	ㄩㄝˋ
ㄅ　b		
ㄆ　p		
ㄇ　m		
ㄈ　f		
ㄉ　d		
ㄊ　t		
ㄋ　n		虐ギャク
ㄌ　l		略リャク
ㄓ　zh		
ㄔ　ch		
ㄕ　sh		
ㄖ　r		
ㄗ,ㄐ z,j		
ㄘ,ㄑ c,q		却キャク，削サク
ㄙ,ㄒ s,x	雪セツ	削サク
ㄍ,ㄐ g,j		
ㄎ,ㄑ k,q		確カク
ㄏ,ㄒ h,x		血ケツ，穴ケツ
φ　φ		悦エツ，関エツ，躍ヤク，月ゲツ 越エツ，岳ガク，樂ガク

華　　語	ㄩㄢ	ㄩㄢˊ
ㄅ　b		
ㄆ　p		
ㄇ　m		
ㄈ　f		
ㄉ　d		
ㄊ　t		

ㄋ	n		
ㄌ	l		
ㄓ	zh		
ㄔ	ch		
ㄕ	sh		
ㄖ	r		
ㄗ,ㄐ	z,j		
ㄘ,ㄑ	c,q		泉セン，全ゼン
ㄙ,ㄒ	s,x	宣セン	旋セン
ㄍ,ㄐ	g,j		
ㄎ,ㄑ	k,q	圏ケン	權ケン，拳キョ
ㄏ,ㄒ	h,x	軒ケン	懸ケン，玄ゲン
φ	φ		縁エン，元ガン、ゲン，原ゲン 源ゲン，援エン，員イン，園エン 圓エン，猿エン

華　語		ㄩㄢˇ	ㄩㄢˋ
ㄅ	b		
ㄆ	p		
ㄇ	m		
ㄈ	f		
ㄉ	d		
ㄊ	t		
ㄋ	n		
ㄌ	l		
ㄓ	zh		
ㄔ	ch		
ㄕ	sh		
ㄖ	r		

ㄗ,ㄐ z,j			
ㄘ,ㄑ c,q			
ㄙ,ㄒ s,x	選 セン		
ㄍ,ㄐ g,j		絹 ケン，卷 カン	
ㄎ,ㄑ k,q	犬 ケン	勸 カン，券 ケン	
ㄏ,ㄒ h,x			
φ φ	遠 エン	院 イン，願 ガン	

附錄⑥ 日語簡體字表

　　不包括以下的字，①字形的變化不顯著的，如青＜靑，掃＜掃，②只有邊傍不同的，如進＜進，花＜花，飯＜飯。

壊 縄 畳 剰 浄 乗 状 条 奨 証 装 焼 渉 称 祥 将 叙 諸 緒 署 謁 駅 衛 営 栄 隠 逸 壱 為 医 囲 圧 悪 亜
壞 繩 疊 剩 淨 乘 狀 條 獎 證 裝 燒 涉 稱 祥 將 敘 諸 緒 署 謁 驛 衛 營 榮 隱 逸 壹 爲 醫 圍 壓 惡 亞

声 瀬 数 枢 髄 随 穂 酔 粋 図 尽 慎 寝 真 神 嘱 触 醸 譲 嬢 禍 価 仮 穏 温 横 奥 桜 殴 欧 応 緑 塩 円
聲 瀨 數 樞 髓 隨 穗 醉 粹 圖 盡 愼 寢 眞 神 囑 觸 釀 讓 孃 禍 價 假 穩 溫 橫 奧 櫻 毆 歐 應 綠 鹽 圓

捜 荘 争 壮 双 祖 禅 繊 潜 銭 践 戦 浅 専 節 摂 窃 静 婿 斉 岳 学 覚 殻 拡 概 慨 懐 壊 絵 海 悔 会 画
搜 莊 爭 壯 雙 祖 禪 纖 潛 錢 踐 戰 淺 專 節 攝 竊 靜 婿 齊 嶽 學 覺 殼 擴 概 慨 懷 壞 繪 海 悔 會 畫

滞 帯 体 対 堕 続 属 即 臓 贈 蔵 憎 増 塁 総 層 僧 装 巣 挿 気 観 欲 関 漢 寛 勧 陥 巻 缶 褐 渇 喝 楽
滯 帶 體 對 墮 續 屬 卽 臟 贈 藏 憎 增 壘 總 層 僧 裝 巢 插 氣 觀 慾 關 漢 寬 勸 陷 卷 罐 褐 渴 喝 樂

聴 徴 庁 著 鋳 昼 虫 痴 遅 弾 断 団 嘆 胆 単 担 沢 択 滝 台 狭 挟 峡 虚 挙 拠 旧 犠 戯 偽 器 帰 既 祈
聽 徵 廳 著 鑄 晝 蟲 癡 遲 彈 斷 團 嘆 膽 單 擔 澤 擇 瀧 臺 狹 挾 峽 虛 擧 據 舊 犧 戲 僞 器 歸 旣 祈

突 読 独 徳 闘 稲 盗 党 当 灯 都 伝 転 点 鉄 逓 塚 鎮 勅 懲 渓 掲 恵 茎 径 薫 勲 駆 区 謹 勤 暁 響 郷
突 讀 獨 德 鬪 稻 盜 黨 當 燈 都 傳 轉 點 鐵 遞 塚 鎭 敕 懲 溪 揭 惠 莖 徑 薰 勳 驅 區 謹 勤 曉 響 鄉

卑 蛮 晩 繁 抜 髪 発 麦 薄 博 梅 売 廃 拝 覇 脳 悩 弐 難 届 圏 険 剣 倹 県 研 欠 撃 芸 鶏 継 軽 蛍 経
卑 蠻 晚 繁 拔 髮 發 麥 薄 博 梅 賣 廢 拜 霸 腦 惱 貳 難 屆 圈 險 劍 儉 縣 研 缺 擊 藝 鷄 繼 輕 螢 經

弁 変 辺 塀 並 併 仏 払 福 侮 譜 敷 瓶 敏 頻 賓 浜 姫 碑 秘 黒 国 号 鉱 黄 恒 効 広 厳 験 顕 権 献 検
辨 變 邊 塀 竝 倂 佛 拂 福 侮 譜 敷 瓶 敏 頻 賓 濱 姬 碑 祕 黑 國 號 鑛 黃 恆 效 廣 嚴 驗 顯 權 獻 檢

予 与 薬 訳 黙 免 満 万 毎 翻 墨 褒 豊 宝 簿 舗 歩 勉 弁 弁 賛 惨 蚕 桟 参 雑 殺 冊 剤 蔵 斎 済 砕 穀
豫 與 藥 譯 默 免 滿 萬 每 飜 墨 襃 豐 寶 簿 舖 步 勉 辯 辨 贊 慘 蠶 棧 參 雜 殺 冊 劑 藏 齋 濟 碎 穀

礼 類 塁 涙 緑 猟 両 虜 隆 竜 欄 覧 乱 頼 来 謡 様 揺 誉 余 捨 者 舎 社 写 実 湿 辞 児 歯 視 祉 糸 残
禮 類 壘 淚 綠 獵 兩 虜 隆 龍 欄 覽 亂 賴 來 謠 樣 搖 譽 餘 捨 者 舍 社 寫 實 濕 辭 兒 齒 視 祉 絲 殘

　　湾 録 楼 廊 朗 郎 労 炉 錬 練 恋 歴 暦 齢 隷 霊 戻 励 暑 処 粛 祝 縦 獣 渋 従 臭 収 寿 爵 釈 煮
　　灣 錄 樓 廊 朗 郎 勞 爐 鍊 練 戀 歷 曆 齡 隸 靈 戾 勵 暑 處 肅 祝 縱 獸 澁 從 臭 收 壽 爵 釋 煮

附録⑦ 通用漢字表

〔あ〕
愛慾 → 愛欲
闇 → 暗
安佚 → 安逸
暗翳 → 暗影
暗誦 → 暗唱
按分 → 案分
闇夜 → 暗夜

〔い〕
意嚮 → 意向
慰藉 → 慰謝
慰料 → 慰料
衣裳 → 衣装
遺蹟 → 遺跡
一挺 → 一丁
陰翳 → 陰影

〔え〕
叡智 → 英知
頴才 → 英才
焔 → 炎
掩護 → 援護
苑地 → 園地

〔お〕
臆説 → 憶説
臆測 → 憶測
恩誼 → 恩義

〔か〕
誠廓 → 戒郭
外廻 → 外回
快潤 → 快活
皆既蝕 → 皆既食
誠告 → 戒告
開盤 → 開削
廻送 → 回送
蛔虫 → 回虫
廻転 → 回転
恢復 → 回復
潰減 → 潰減
潰壊 → 壊
恢乱 → 回乱
廻乱 → 回乱
火廊 → 火廊
劃 → 画

〔き〕
稀釈 → 希釈
稀元素 → 希元素
崎形 → 奇形
企劃 → 企画
饑餓 → 飢餓
気焔 → 気炎
稀 → 希
崎 → 奇
乾溜 → 乾留
旱天 → 干天
肝腎 → 肝心
管絃楽 → 管弦楽
間歇 → 間欠
旱害 → 干害
活溌 → 活発
劃期的 → 画期的
挌鬭 → 格闘
廓大 → 郭大
劃然 → 画然
郭然 → 郭然

兒燮兒兒教寶兒兒馭旧糺糺糺稀吃機綺稀奇欸儔
行固器漢誨応悪　　蹟明弾　薄水智談代蹟章少
↓↓↓↓↓↓↓↓↓↓↓↓↓↓↓↓↓↓↓↓↓
凶強凶凶教供凶凶御旧糾糾糾希喫機奇希奇記希
行固器漢戒応悪　　跡明弾　薄水知談代跡章少

蹴決下繁繁繁繁　燻訓掘区　吟技稀漁馭兒兒兒
起潰上留属争船　製誡繁劃　誦儷酸撈者暴変刃
↓↓↓↓↓↓↓↓　↓↓↓↓　↓↓↓↓↓↓↓↓
決決下係係係係　薫訓掘区　吟技希漁御凶凶凶
起壊上留属争船　製戒削画　唱量酸労者暴変刃

宏宏礦甦扣交鯁礦交礦宏倖　儼研嶮元絃絃訣月
大壮石生除叉骨業驪　　　　然磨岨兒歌　別蝕
↓↓↓↓↓↓↓↓↓↓↓　↓↓↓↓↓↓↓
広広鉱更控交硬鉱交鉱広幸　厳研険元弦弦決月
大壮石生除差骨業歓　　　　然摩阻凶歌　別食

坐醋坐　昏根混雁骨古古涸媾強昂曠弘昂広昂香
視酸　　迷柢清備骼蹟稀渇和慈揚野報　汎騰寶
↓↓↓　↓↓↓↓↓↓↓↓↓↓↓↓↓↓↓↓↓
座酢座　混根混雁骨古古枯講強高広広興広高香
視酸　　迷底交用格跡希渇和欲揚野報奮範騰典

洲車射死七屍史刺色　撒讃讃撒讃讃三讃雑坐坐
　桶心歿八休蹟戟慈　布美嘆水辞仰絃　脅洲礁
↓↓↓↓↓↓↓↓↓　↓↓↓↓↓↓↓　↓↓↓
州車射死七死史刺色　散賛賛散賛賛三賛雑座座
　両心没倒体跡激欲　布美嘆水辞仰弦　踏州礁

－150－

漢字書きかえ表（同音の漢字による書きかえ）　※は書きかえ対象字を示す

一（しょ〜じょ）

誤（上段・右→左）：聚 蒐 蒐 終 聚 手 駿 陞 銷 銷 銷 障 情 弥 陞 焦 銷 牆 蒸 書 蝕
誤（下段）：荷 集 熄 落 蹟 才 夏 却 碍 誼 （賞）讃 叙 躁 沈 壁 溜 翰 甚
↓
正（上段・右→左）：集 集 収 終 集 手 俊 昇 消 消 消 障 情 称（賞） 昇 焦 消 障 蒸 書 食
正（下段）：荷 集 息 落 跡 才 夏 却 害 義 賛 叙 燥 沈 壁 留 簡 尽

二（せ・す）

誤（上段・右→左）：食 扞 試 鍼 侵 浸 真 伸 滲 侵 訊 衰 〔せ〕 制 棲 性 蹟 絶 尖 全
誤（下段）：慾 情 煉 術 触 触 蹟 暢 透 掠 問 頽 馭（擦） 栖息 慾 讃 鋭 潰
↓
正（上段・右→左）：食 叙 試 針 侵 浸 真 伸 浸 侵 尋 衰 制 生 性 跡 絶 先 全
正（下段）：欲 情 練 術 食 食 跡 長 透 略 問 退 御（駆） 息 欲 賛 鋭 壊

三（そ）

誤（上段・右→左）：銓 煽 洗 戦々 船 尖 擅 煽 戦 〔そ〕 沮 惣 象 蒼 綜 相 惣 装 剿 簇 沮
誤（下段）：衡 情 滌 競々（戦々） 艙 端 断 動 歿 惶 嵌 惶 合 剋 菜 釘（幀） 滅 生 止
↓
正（上段・右→左）：選 扇 洗 戦々 船 先 専 扇 戦 阻 惣 象 倉 綜 相 惣 装 掃 族 阻
正（下段）：考 情 浄 恐々 倉 端 断 動 没 眼 皇 合 克 菜 丁 滅 生 止

四（た・ち）

誤（上段・右→左）：疎 沮 疏 疎 褪 頽 頽 颱 大 奪 歎 歎 炭 端 短 煖 煖 〔ち〕 智 智
誤（下段）：水 喪 通 明 〔た〕 色 勢 廃 風 掠 願 礦 坐 篇 房 炉 慧
↓
正（上段・右→左）：疎 阻 疎 疎 褪 退 退 台 大 奪 歎 歎 炭 端 短 暖 暖 知 知
正（下段）：水 喪 通 明 色 勢 廃 風 略 願 鉱 座 編 房 炉 恵

五（て・と）

誤（上段・右→左）：智 智 註 註 註 註 長 沈 〔て〕 低 抵 鄭 叮 碇 手 顛 顛 〔と〕 蹈 倒 蹈
誤（下段）：能 謀 解 釈 文 篇 澱 徊 牴触 重 嚀 泊 帖 倒 覆 潰 襲
↓
正（上段・右→左）：知 知 注 注 注 注 長 沈 低 抵 丁 丁 停 手 転 転 踏 倒 踏
正（下段）：能 謀 解 釈 文 編 殿 回 触 重 寧 泊 帳 倒 覆 壊 襲

附錄⑧ 語音略說

(a)凡一個字的北京話讀音都可以分析成聲母與韻母。如「鉛」ㄑㄧㄢ(jian)字的讀音可以說是〔tɕ〕(聲母)+〔ian〕(韻母)。聲母一般由輔音(氣流在口腔某處受阻礙而形成的音)形成,韻母則由元音(氣流在口腔不受阻礙)形成,如有二個以上的元音,則舌位由低而高的稱元音加韻尾,舌位高而低的則稱介音加元音。因此「妖」ㄧㄠ(yau)字的韻母為〔i〕(介音)+〔a〕(元音)+〔u〕(韻尾)。有時候韻尾由輔音(鼻音)形成,因此第一個例字「鉛」ㄑㄧㄢ(jian)字的韻母為〔i〕(介音)+〔a〕(元音)+〔n〕(韻尾),可以做為聲母的輔音有下列幾種:

塞音:口腔的某處一時完全阻塞,氣流等它張開之後才呼出來。

鼻音:氣流在口腔受阻礙,而由鼻腔出去。

顫音:氣流因口腔某部分在顫動,而在一斷一續的狀態中。

邊音:口腔中間或一邊阻塞,氣流從兩邊或另一邊出去。

擦音:口腔某處因器官的移動,把通道變得很窄,而氣流從那裏擠出去。

(b)以上輔音又可以由發音部位而分類成以下幾種。

唇音:凡由唇的動作形成的音。

(雙唇音):由兩唇動作形成的音。

(唇齒音):由下唇與上齒形成的音。

舌尖音:由舌尖動作而形成的音。

(捲舌音):舌尖動向硬顎而形成的音。

舌面音:由舌面前(舌頭在硬顎下面的部分)動作而形成的音。

舌根音:由舌面後(舌頭在軟顎下面的部分)動作而形成的音。

喉音:單面喉頭動作而形成的音。

(c)氣流從肺裏出來,一定要經過喉頭,喉頭可以在不同的方式下改變氣流。

清音:聲門張開,氣流不受什麼改變。

濁音:兩個聲帶靠得很近且在顫動著,氣流在很快的一斷一續的狀態中。

(鼻音、邊音、顫音、拍擊音,與元音一般都是濁音)

(d)塞音與塞擦音照氣流外出力量強弱可以分為下列兩種:

送氣:氣流外出力量強。

不送氣：氣流外出力量弱。

日語有清濁，而無送氣、不送氣之分。

華語無清濁，但有送氣、不送氣之分。

(e)半元音：介於輔音與元音二者之間的。

（y與w）

參考書目

(1)鄭良偉（1977）"Table of Mandarin and Taiwanese Readings"，從國語看台語的發音（1987），學生書局。

(2)鄭良偉（1982）中古漢語與國語、台語、日本漢語對照表，原橋。

(3)董同龢（1977），「漢語音韻學」，台北，文史哲出版社。

(4)角川書店編（1981），「新しい常用漢字の書き表し方」，東京，角川書店。

(5)曲禮賢、張文華主編（1982），「簡明日漢成語辭典」，北京，知識出版社。

(6)藤堂明保（1980），「中國音韻論」，東京，光成館。

(7)許清梯（1986）「日文通用事典」，台北，著作人自行出版。

國立中央圖書館出版品預行編目資料

從華語看日本漢語的發音＝A study of Sino-Japanese
readings from the viewpoint of a Mandarin-speak-
ing learner/坂本英子（Elko Sakamoto）著；鄭良
偉參訂 -- 初版 -- 臺北市：臺灣學生，民79
11,154 面；26公分 --（現代語言學論叢 乙類；
13 ）
　參考書目：面154
　ISBN 957-15-0061-5（精裝）-- ISBN 957-15-
0062-3（平裝）
　1.日本語言 - 聲韻
803.14

從華語看日本漢語的發音(全一冊)

著作者：坂　　本　　英　　子
出版者：臺　灣　學　生　書　局
本書局登
記證字號：行政院新聞局局版臺業字第一一〇〇號
發行人：丁　　　文　　　治
發行所：臺　灣　學　生　書　局
　　　　臺北市和平東路一段一九八號
　　　　郵政劃撥帳號〇〇〇二四六一八號
　　　　電　話：3634156
　　　　FAX:(02)3636334
印刷所：淵　明　印　刷　廠
　　　　地　址：永和市成功路一段43巷五號
　　　　電　話：9287145
香港總經銷：藝　文　圖　書　公　司
　　　　地址：九龍又一村達之路三十號地下
　　　　後座　電話：3805807

定價　精裝新台幣二一〇元
　　　平裝新台幣一五〇元

中華民國七十九年三月初版

80101　版權所有•翻印必究
ISBN 957-15-0061-5（精裝)
ISBN 957-15-0062-3（平裝)

MONOGRAPHS ON MODERN LINGUISTICS

Edited by

Ting-chi Tang

National Tsing Hua University

ASSOCIATE EDITORIAL BOARD

1. Jin-nan Lai (Tamkang University)
2. Yu-hwei E. Lii (National Taiwan Normal University)
3. Kuang Mei (National Taiwan University)
4. Chien Ching Mo (National Chengchi University)
5. Tsai-fa Cheng (University of Wisconsin)
6. Jeffrey C. Tung (National Taiwan Normal University)

現代語言學論叢編輯委員會

總　編　纂：湯　廷　池（國立清華大學）

編輯委員：施　玉　惠（國立師範大學）

　　　　　梅　　　廣（國立臺灣大學）

　　　　　莫　建　清（國立政治大學）

　　　　　董　昭　輝（國立師範大學）

　　　　　鄭　再　發（美國威斯康辛大學）

　　　　　賴　金　男（私立淡江大學）

（姓氏以筆劃多寡為序）

現代語言學論叢書目

甲類① 湯 廷 池著：國語變形語法研究第一集：移位變形
　　② 鄭　良　偉
　　　 鄭謝淑娟著：臺灣福建話的語音結構及標音法
　　③ 湯 廷 池著：英語教學論集
　　④ 孫 志 文著：語文教學改革芻議
　　⑤ 湯 廷 池著：國語語法研究論集
　　⑥ 鄭 良 偉著：臺灣與國語字音對應規律的研究
　　⑦ 董 昭 輝著：從「現在完成式」談起
　　⑧ 鄧 守 信著：漢語及物性關係的語意研究研究
　　⑨ 溫 知 新
　　　 楊 福 綿編：中國語言學名詞滙編
　　⑩ 薛 鳳 生著：國語音系解析
　　⑪ 鄭 良 偉著：從國語看臺語的發音
　　⑫ 湯 廷 池著：漢語詞法句法論集
　　⑬ 湯 廷 池著：漢語詞法句法續集

乙類① 鄧 守 信著：漢語主賓位的語意研究（英文本）
　　② 溫知新等
　　　 十 七 人著：中國語言學會議論集（英文本）
　　③ 曹 逢 甫著：主題在國語中的功能研究（英文本）
　　④ 湯廷池等
　　　 十 八 人著：1979年亞太地區語言教學研討會論集
　　⑤ 莫 建 清著：立陶宛語語法試論（英文本）
　　⑥ 鄭謝淑娟著：臺灣福建話形容詞的研究（英文本）
　　⑦ 曹逢甫等
　　　 十 四 人著：第十四屆國際漢藏語言學會論文集（英文本）
　　⑧ 湯廷池等
　　　 十　　人著：漢語句法、語意學論集（英文本）
　　⑨ 顧 百 里著：國語在臺灣之演變（英文本）
　　⑩ 顧 百 里著：白話文歐化語法之研究（英文本）
　　⑪ 李 梅 都著：漢語的照應與刪簡（英文本）
　　⑫ 黃 美 金著：「態」之探究（英文本）
　　⑬ 坂本英子著：從華語看日本漢語的發音